비취와 별하

비취와 별하

윤미경 장편 소설

북멘토

차례

프롤로그 7

비취   10

102호   47

별하   76

목소리   87

미래   101

소원 팔찌   111

귀신 새   125

물구나무서기   146

보헤미안 랩소디   164

안녕   177

이 또한, 지나가리   187

웰컴 투 헬   197

에필로그 212

작가의 말 214

　붉은색이었다. 레드 카펫이라니. 가당치 않은 색깔이다. 아무런 장식도 없는 벽에 붉은색만 너무 선명했다. 위협인가, 위로인가? 무슨 의도였든 실패다. 이 카펫을 밟아야 하는 이들에게 레드 카펫은 그저 조롱일 뿐.

　비취는 붉은 길을 앞에 두고 심호흡을 했다. 함께 온 엄마는 침착하려고 너무 애쓴 나머지 얼굴이 시멘트처럼 굳어 있었다. 그러니 비취가 망설여도 좋을 여백은 없었다.

　카펫의 끝에 굳게 닫힌 또 다른 철문이 보였다. 순간 조롱일지라도 붉은 카펫의 길이 좀 더 길었으면 좋겠다는 생각에 비취의 발걸음이 무거워졌다. 이 붉은 길을 걷지 않으려고 버텼던 시간에 비하면 철문 앞에 당도한 시간은 너무 짧았다.

앞장서던 남자가 철문 앞에서 걸음을 멈췄다. 남자는 주머니에서 열쇠를 꺼냈다. 손잡이를 돌리고 밀기 전에 열쇠로 문을 따야 하는 곳. 아무나 들어갈 수 없는 곳이라는 건 함부로 나갈 수 없는 곳이라는 뜻이었다.

철컹!

두꺼운 철문이 서서히 열렸다.

"보호자는 여기서 돌아가셔야 합니다."

남자가 무미건조한 목소리로 말했다.

엄마가 헉 하는 소리와 함께 휘청였다. 떨리는 손으로 가방을 건네주던 엄마는 결국 눈물을 떨어뜨렸다. 살면서 이런 곳에서의 이별은 예상치 못했기 때문에 둘은 어떻게 헤어져야 하는지 몰랐다. 절망을 애써 감추는 것으로 서로를 위로하는 수밖에 달리 방법이 없었다.

"미안해⋯⋯. 미안해, 비취야."

결국 엄마가 비취를 안고 울었다. 애써 유지하고 있던 태연한 척이 무너질까 봐 비취는 다시 이를 악물어야 했다.

"촌스럽게 울지 말고 얼른 가, 애자 씨."

엄마를 촌스럽게 만든 장본인이 할 말은 아니었지만, 함께 울 수도 없는 처지였다. 서서히 닫히는 철문 사이로 엄마 혼자 되짚어가야 할 붉은 길이 피를 흘리며 날름거렸다.

비취의 등 뒤로 철컥 문이 잠겼다. 여기서부터는 사사로운 이탈이 허락되지 않는 구역. 비취의 영혼과 육체가 감금되는 곳.

'더 하얀 정신 병원' 폐쇄 병동이다.

비취

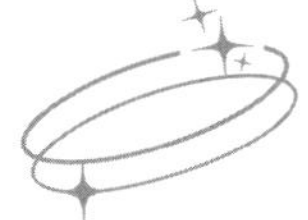

문이 닫혔다.

엄마가 시야에서 사라지자 갑자기 다리가 휘청였다. 손에 든 가방이 지옥을 통째로 담아 온 것처럼 무거웠다. 지옥이 들어 있다 하더라도 비취는 가방 속으로 몸을 욱여넣어 들어가 숨고 싶었다. 애써 땅을 팔 필요도 없이 지퍼만 닫으면 모든 게 끝날 수 있을 텐데…….

철문을 뒤로 하고 다시 이어진 붉은 카펫은 간호사실 앞에서 끝이 났다. 붉은 카펫으로 위장한 유혹 따위는 이제 끝났으니 정신 바짝 차리라는 듯 대리석 바닥이 하얗게 소용돌이쳤다. 덩치 큰 보호사가 소용돌이를 밟고 서 있었다.

폐쇄 병동엔 환자를 제압하기 위해서 여자 간호사와 함께 남자 보호사가 있었다. 정신을 놓고 날뛰는 환자의 힘은 아무리 연약한 환자라도 물소처럼 어마어마해져서 여자 간호사만으로는 감당이 안 된다고 했다.

"무서운 곳이 아닙니다. 걱정하지 마세요."

건장한 체격의 보호사가 건넨 정중한 거짓말에 비취는 오히려 겁이 왈칵 났다.

"가방을 이곳에 올려놓으세요."

엄마가 급하게 싸 준 가방에 뭐가 들었는지 비취도 몰랐다.

더 하얀 정신 병원은 입원해도 환자복을 입지 않는다고 했다. 정신병이 누구에게나 호의적으로 이해받는 병은 아니어서 입원을 숨기고 싶은 환자들을 위한 배려라고 했다. 그러다 보니 환자복 대신 평상복이 필요했고 가방은 그만큼 더 불룩해졌다.

보호사가 무표정한 얼굴로 가방을 뒤지기 시작했다. 맨 위에 올려진 파우치를 열자 생리대 하나가 떨어지는 바람에 비취 얼굴이 붉어졌다. 파우치를 낚아채며 보호사를 노려보자 여자 간호사가 다가와 가방을 건네받았다.

"이건 안 돼요. 처방전 없는 약품은 반입 불가예요."

간호사가 파우치 속에서 진통제를 찾아 흔들었다. 생리통이 심한 비취를 위해 엄마는 그 와중에도 챙겨 넣은 모양이다.

"이것도 저희가 보관할게요."

작은 손거울이었다.

"휴대폰 가지고 왔으면 바구니에 담아요."

"안 가져왔어요."

휴대폰을 두고 다닌 지 한참이나 됐지만, 간호사는 그런 거짓말에는 이골이 났다는 듯 비취의 주머니를 뒤지기 시작했다.

"날카로운 게 있을까 싶어서 그러는 거니까 참으세요."

휴대폰을 검거해 내는 데 실패하자 이번에는 비취 몸 더 안쪽으로 손이 들어왔다. 무례하기 그지없는 손이 더듬어 대자 갑자기 그날의 기억이 떠올랐다.

"그만해요!"

비취는 간호사 손을 거칠게 뿌리쳤다.

"진정하세요."

보호사가 다가와 비취의 팔을 잡았다.

물소처럼 버둥거리는 비취를 잡는 보호사의 손에 더욱

힘이 들어갔다.

"이거 놓으란 말이야!"

비취는 안간힘을 쓰며 빠져나오려고 애를 썼지만, 물소를 잡는 사냥꾼은 아랑곳하지 않았다. 비취가 보호사를 향해 발길질을 해 대자 간호사 둘이 더 다가와 비취의 팔과 다리를 붙들었다.

"학생! 안전을 위해서 그러는 거니까 제발 진정해요."

세 명의 힘을 당할 수는 없었다. 붙들린 비취가 거친 숨을 뿜어 대는 동안 간호사는 나머지 몸수색을 마쳤다.

"바이러스 검사 결과가 나오기 전까진 24시간 동안 격리해야 해요. 화장실은 안에 있고 위급한 상황에는 벨을 누르면 돼요. 식사도 가져다줄 테니 절대 병실 밖으로 나오면 안 돼요."

간호사가 빠른 목소리로 말했다. 마치 미란다 원칙을 읊어 주는 형사처럼.

보호사는 '격리 1'이라고 써진 문 앞으로 발버둥 치는 비취를 질질 끌고 갔다.

"여길 왜 내가 들어가! 이거 놔요!"

비취는 몸을 비틀며 소리쳤다. 간호사가 열쇠로 문을 여는 동안 보호사는 비취 등 뒤에서 팔을 결박했다. 문이 열리자 보호사는 비취를 번쩍 들고 들어가더니 침대에 내려놓았다.

용수철처럼 일어나는 비취의 어깨를 보호사가 다시 짓눌렀다.

"침대에 묶는 것은 나도 하기 싫습니다. 진정해요."

보호사의 목소리는 낮고 위협적이었다. 보호사는 한동안 어깨를 누르고 있다가 비취의 몸부림이 잦아들자 조심스럽게 손을 뗐다. 사냥꾼과의 몸싸움으로 지쳐 버린 비취는 손가락 하나 움직일 수 없었다.

찰칵. 문이 잠기는 소리. 격리는 그동안도 충분했다. 친구로부터, 학교로부터, 세상으로부터…….

"격리 시간 동안 차분하게 너 자신을 들여다보는 시간을 가졌으면 한다. 누구든 자신의 바닥을 알아야 차고 올라올 수 있단다."

입원 전 닥터 김이 했던 말이 떠올라 비취는 침대에 누운 채 진저리를 쳤다.

"왜 내가 격리를 당해야 하는데요? 왜? 진짜 격리시키고

바닥을 보게 해야 하는 인간은 내가 아니란 말이야! 이 돌
팔이야!”

사형 선고를 내려놓고도 담담하기 그지없는 닥터 김을
향해 달려든 비취는 책상 위에 있는 물건들을 마구 집어
던졌다.

‘왜! 도대체 왜! 내가!’

비취는 이 질문에 아직 답을 얻지 못했다.

“엄마…….”

그 순간 비취가 붙잡을 수 있는 이름은 애자 씨, 엄마뿐
이었다.

엄마에게 가장 귀한 보석은 다이아몬드나 금이 아닌 비
취였다.

생선 가게를 하는 종수 씨와 책방에서 일하던 애자 씨가
만나 사랑에 빠졌다. 소박하고 가난한 결혼식을 올리면서
엄마는 아빠한테 결혼반지로 비취반지를 받았다.

“색이 얼마나 곱던지……. 혹시나 잃어버릴까 봐 몇 번
껴 보지도 못했어.”

손가락이 아닌 장롱 속 분홍색 플라스틱 보석함에서 수십

년을 지내던 초록색의 비취반지. 가느다란 도금 반지 위에 옥이라고 불리는 초록색 비취 알이 박혀 있는 그 촌스러운 반지가 엄마에겐 왜 그렇게도 귀했을까. 애자 씨는 어쩌자고 금반지 한 쌍 마련할 돈이 없어 싸구려 옥 반지를 내민 가난 마저도 사랑해 버렸을까. 태어난 아이의 이름을 비취라고 지을 만큼 엄마는 왜 그렇게 낭만적이었을까. 철없게도…….

늘 그렇듯 현실은 그렇게 낭만적이지 못해서 가난은 쉽사리 끝나지 않았다.

아빠는 동태 대가리를 치다가 뇌출혈로 갑자기 세상을 떠났다.

"네 아빠가 떠난 뒤에는 뭐랄까. 참 암담했지. 비취야, 암담하다는 게 무슨 뜻인지 아니? 암담하다는 건 생선 장수 마누라 주제에 생선을 무서워했다는 말이야. 어느 날 정신 차리고 보니 네 살짜리 핏덩이하고 비린내 나는 생선만 내 앞에 남아 있더라는 말이야."

엄마는 팔다 남은 생선 대가리로 탕을 끓여 놓고 소주를 마시며 비취에게 이런저런 푸념을 늘어놓곤 했다.

"그래도 산목숨은 살려야겠다 싶어서 널 업고 생선 가게에 나갔는데. 그 코딱지만 한 생선 좌판을 날로 먹으려고

드는 사람이 있질 않나, 밀린 외상값을 떼어먹고는 오히려 빌려 간 돈을 내놓으라며 들이대질 않나. 세상에, 사람 변하는 건 한순간이더라.”

“쯧쯧쯧. 그러게…… 그 흔한 보험 하나 안 들어놓고 뭐 했대?”

“가난이란 건 참, 가난한 일이야. 당장 이번 달 월세 내기가 급한데 미래를 생각할 여유가 어디 있니? 믿을 데라곤 건강한 아빠뿐이었는데 그렇게 허망하게 갈 줄 누가 알았겠어?”

엄마의 주사는 딱 두 가지였는데 똑같은 이야기를 매번 진지하게 되풀이하는 것과 얼굴이 달큰하게 달아오르면 서랍에서 비취반지를 꺼내 끼는 것이었다.

“비취반지가 엄마는 그렇게 좋아? 맨날 무슨 청승이야.”

“세상에, 덩치는 이렇게 큰 사람이 결혼반지라고 이걸 내밀면서 얼굴이 빨개져서는…… 깔깔깔. 내가 다 미안하더라니까.”

“그러니까, 애자 씨. 왜 하필 그렇게 미안하도록 가난한 한종수 씨를 사랑했냐고?”

“사랑이 어디 생선 대가리랑 몸통 나누는 것처럼 간단한 일이라야 말이지. 고등어가 참치처럼 보이고, 멸치가 갈치처럼 보이고 그런 거야.”

“무슨 사랑이 그래? 어이없어.”

엄마의 말도 안 되는 사랑 덕에 세상 빛을 보게 된 비취는 어려서부터 고집이 세서 엄마 속을 꽤 썩였다고 했다.

“평소에 있는 듯 없는 듯 순하기만 하던 애가 한번 화가 나면 얼마나 무섭게 대드는지 어른도 질리게 만드는 구석이 있었다니까.”

“태어나기를 말도 안 되게 태어났는데 그걸 말이 되려고 하니 애가 얼마나 힘들었겠어?”

“네 할머니가 너한테는 꼼짝 못 했지. 일곱 살 때였던가? 아빠 제삿날, 어머니가 나더러 서방 잡아먹은 년이라고 소리치는 걸 듣고 네가 죽자고 달려들어서 따졌지 뭐야. 엄마가 어떻게 아빠를 잡아먹냐고. 우리 엄마가 식인종이냐고. 그럼 할머니는 아들 잡아먹었냐고. 솔직히 그때 정말 후련했어. 네가 내 딸이라는 게 그렇게 든든하더라니까.”

비취는 그 후로 절대 할머니 집에 가지 않았다. 할머니가 돌아가셨을 때조차 장례식장에 따라가지 않았다.

엄마가 밤새 끙끙 앓는 소리를 내면서 자면, 사진으로만

얼굴을 익힌 아빠와 촌스러운 비취반지가 더 원망스러웠
다. 그런데 그 궁색한 비취반지조차 생선 대가리를 쳐 내는
손가락에는 어울리지 못했다. 그렇게 지긋지긋한 가난과
김애자 씨의 낭만이 만들어 낸 나. 한심한 한비취.

'한비취'라는 이름은 사실 비취의 인생에 도움이 되는 이
름이 아니었다.

비취는 사람들의 이목을 끄는 걸 꺼리는 편이었지만 비
취라는 이름은 그다지 협조적이지 않았다. 출석을 부를 때
마다 선생님들은 꼭 비취 얼굴을 한 번 더 쳐다봤고 낯선
이에게 호기심을 불러일으키며 쓸데없이 오래 기억됐다.

생선 장수 딸에게 어울리지 않게 호사스러운 이름은 친구
들의 비웃음과 조롱을 끌어내는 데에만 진가를 발휘했다.

"비취에서는 무슨 냄새가 나는지 알아? 설마 몰라? 생선
비린내잖아. 킬킬킬."

"비 오는 날은 더 나."

"비켜 봐! 으…… 비릿비릿!"

어떤 아이가 그러다가 라임을 발견했고 덕분에 비취를
위한 주제가가 만들어졌다.

"비, 비, 비 자로 시작하는 말은! 비비비 비켜 봐 비 오면 비릿한 비취 비린내!"

중독성 있는 라임은 곧 다른 아이들에게도 퍼져 나가서 비취는 초등학교 내내 그 노래를 들어야 했다. 얼마나 시달렸는지 학교를 졸업하고 한참 후까지도 어디선가 '리, 리, 리 자로 끝나는 말은'이라는 동요가 들리면 진저리를 쳤다.

그럼에도 비취는 엄마가 생선 장수라는 걸 절대 숨기지 않았다. 부모님이 뭘 하시냐고 물으면 주저 없이 '생선 장수'라고 또박또박 대답했다.

"너무 적나라하지 않니? 수산업이라든가 좀 그럴듯한 말도 있잖아."

오히려 비취 엄마가 무안해할 지경이었다.

"왜? 엄마는 생선 파는 게 부끄러워?"

"자랑스러울 것까진 없잖아."

"직업에 귀천이 어딨어?"

엄마를 부끄러워하지 않는 것. 그것은 부모에 대한 비취의 의리였다. 어쩌면 오기였는지도 모른다. 직업에 귀천이 없다는 말은 사람에 귀천이 없다는 말과 같은 거니까. 내가 너희들과 다를 게 하나도 없다는 말이니까. 결국 그건 의리

이자 오기이자 비취의 자존심이기도 했다.

학년이 올라갈수록 아이들 노래로 공들여 놀리는 것보다는 '덜 수고롭고 더 유치한 놀이'가 이어졌다. 비취를 투명 인간으로 만드는 일종의 왕따 놀이들은 학년이 바뀔 때마다 어김없이 모든 아이들이 은밀하게 또는 노골적으로 즐기는 놀이가 되었다.

하지만 애초부터 사교적인 아이가 아니었던 비취는 외로움이 그닥 힘들지 않았다. 좌절하고 주눅 들기보다는 좀 더 현명한 방법으로 대응했다.

비취는 성적이 좋았다. 금수저를 쥐고 태어난 아이들과 목표하는 바가 같다면 출발선이 뒤처진 사람이 더 죽자고 뛰는 수밖에 없었다. 의외로 외로움은 공부에 매진할 수 있게 해 주는 최적의 조건이었다. 공부하다가 잠시 짬이 나는 시간을 보내는 데는 변덕스러운 친구 관계보다 책이나 음악, 영화가 훨씬 유용했다.

초등학교 시절부터 단련해 온 외로움이 중학교를 거치는 동안 무르익어 편안한 평화가 되었다. 내성이 생긴 외로움은 그럭저럭 무난한 학창 시절을 이어 나가게 했다.

최소한 그놈을 만나기 전까지는 말이다.

"죽여 버리고 싶었어요."

그런 말을 하는 게 아니었다. 닥터 김의 술수에 넘어가 비취는 무심결에 진심을 말해 버리고 말았다.

"죽일 수 없다면 나를 죽여 버리겠어요."

되짚어 확인 사살까지 하는 실수를 했다. 하긴 말보다 행동으로 보여 줘 버렸으니 후회해 봐야 소용없는 일이었다. 옥상에 올라가 서 있던 비취가 끌려 내려오고 며칠 후, 붙잡혀 온 곳은 바로 이곳 더 하얀 정신 병원이었다.

중증의 우울증, 환청, 환각에 의한 망상, 공황 장애, 자살 충동, 공격적 방어.

소견서에 적힌 무시무시한 단어들을 보고 비취의 엄마는 주르륵 자리에 주저앉아 버렸다.

"그동안 왜 엄마한테 말하지 않은 거니? 이렇게 되는 동안 왜 그걸 혼자 견딘 거니……."

비취 엄마는 비취를 붙들고 울었다.

"말했으면…… 그랬다면 뭐가 달라졌을까?"

나직하게 내뱉은 비취의 말에 엄마는 얼어붙었다. 마치

잘린 동태 대가리의 눈처럼 엄마 눈이 퀭해졌다. 그 순간, 비취는 엄마가 근근이, 필사적으로 이어 가던 낭만이 산산이 부서져 내리는 소리를 들었다.

놈이 병원으로 실려 간 뒤, 곧 학교에 경찰과 놈의 엄마가 들이닥쳤다. 대형 로펌 변호사라는 놈의 엄마는 일사불란하게 법적인 절차를 밟기 시작했다. 학교는 일이 확대되길 결코 바라지 않아 중재를 위해 애썼으나 '자식의 일로 눈이 뒤집힌 변호사'는 당해 낼 재간이 없었다.

변호사라는 놈의 엄마와 대학교수라는 놈의 아버지는 천사 같은 아들의 안위와 안녕을 위해 악마 같은 비취를 감금해야 한다고 주장했다. 그러면서 소년원과 정신 병동이라는 두 개의 카드를 내밀었다. 대신 정신적, 신체적 피해 보상으로 청구한 엄청난 위자료를 탕감해 준다는 조건을 덧붙이며 그들은 은혜로운 처사라는 듯 거만한 표정을 지었다. 그렇게 비취는 이곳 '더 하얀'에 왔다. 어차피 코딱지만 한 생선 가게를 통째로 털어먹어도 얼마 되지 않는 푼돈일 테니 법정 다툼 같은 괜한 수고를 덜어 낸 지도 모른다.

"학교의 요청도 있으니 일단 입원 치료 후 경과를 지켜보도록 하지요."

닥터 김과 면담을 하면서 부린 난동으로 비취의 입원은 더욱 신속하게 진행되었다. 병원까지 따라온 경찰은 입원 확인서와 비취를 맞바꾸곤 그대로 사라졌다.

무전유죄, 유전무죄. 아직은 몰라도 좋을 것들이었다.

사각이 되다 만 삐딱한 하얀 방. 한 귀퉁이를 복도에 먹혔는지 한쪽 벽이 비스듬하게 깎여 있었다. 절망의 습기에 흠씬 젖은 채 널브러진 비취는 눈을 감았다. 엄마를 보내면서 흘리지 못한 눈물이 그제야 볼을 타고 흘러내렸다.

똑똑똑.

비취는 얼른 눈물을 닦고 벽 쪽으로 돌아누웠다. 문이 열리고 간호사가 식판을 들고 들어왔다. 침대에 붙은 탁자를 내리고 식판을 올려놓은 후 간호사는 말없이 돌아갔다. 음식 냄새가 올라오자 비취는 순간 허기를 느꼈다. 그리고 이내 식욕을 느낀 자신이 참을 수 없이 역겨웠다.

비취는 자리에서 벌떡 일어나 앉아 식판을 들어올렸다. 그러고는 바닥에 사정없이 내팽개쳤다.

와장창!

날아간 식판에서 튕겨 나간 밥과 반찬이 사방에 튀었다.

몇 명의 간호사와 보호사가 뛰어 들어왔다.

"학생!"

비취는 손에 잡히는 대로 그들을 향해 던지기 시작했다. 보호사가 달려들어 비취를 잡더니 팔과 다리를 눌러 움직일 수 없게 했다.

"이거 놔! 놓으란 말이야."

비취가 움직이면 움직일수록 보호사의 손은 더 세게 비취를 눌렀다. 꼼짝할 수 없는 비취 팔에 간호사가 능숙한 솜씨로 주사를 놨다.

"다칠까 봐 그래요. 진정제를 놨으니 좀 잘 수 있게 해 줄 거예요."

비취가 잠잠해질 때까지 보호사는 한 마디도 하지 않은 채 팔과 다리를 누르고 있었다. 식판을 치우는 소리가 멀어지다가 마침내 아무것도 들리지 않았다.

얼마를 잤을까. 비취는 요란한 소리에 잠이 깼다. 창밖은 그새 어두워져 있었다.

"안 먹는다고 했잖아!"

술에 잔뜩 취한 여자 목소리였다. 맞다. 여긴 폐쇄 병동 격리실이지. 비취는 기억해 낸 절망으로 몸을 웅크렸다.

청소년만을 위한 정신 보호 시설이 없었기에 열여덟 살의 비취는 성인 환자들과 함께 지내야 했다. 더 하얀 정신 병원 폐쇄 병동엔 조현병 환자는 물론 많은 중독자들이 입원해 있었다. 그중엔 금단 현상으로 난폭해진 환자나 갑자기 지나가는 사람의 머리채를 잡고 흔들며 욕을 하는 환자도 있다고 했다. 심한 환자는 침대에 묶어 놓고 전기 치료를 한다던데 진짜일까? 폐쇄 병동에 가게 된다는 말을 들었을 때 비취는 그런 상상으로 두려움에 떨었다.

"계속 이러시면 침대에 묶는 수밖에 없습니다."

들려온 것은 아까 비취도 들었던 보호사의 목소리였다. 오늘 저 보호사는 벌써 두 마리의 물소를 진압하는 중인가.

"제발 좀 나를 내버려 둬. 이대로 죽게 놔두라고!"

바닥으로 쿵 무언가 떨어지는 소리가 들리더니 발소리가 분주하게 오고 갔다.

"매번 왜 이러실까, 정말."

"이번엔 어쩔 수 없이 묶습니다."

드디어 묶이는 건지 몸싸움 소리가 계속 들렸다.

비취는 아기처럼 몸을 동그랗게 말고 눈을 꼭 감았다. 이리저리 날뛰는 두려운 생각을 피하려고 안간힘을 쓰다가 또다시 엄마 생각에 닿았다.

'애자 씨, 내 걱정은 하지 마. 어떻게든 견뎌 볼게.'

고작 하루의 안부가 이렇게 비장할까. 비취는 자리에서 일어나 비스듬한 벽을 보고 앉았다. 돌팔이 닥터 김의 말대로 해 보기로 했다. 자신이 어쩌다 여기까지 왔는지, 어쩌다 이런 꼴이 되었는지 명료하게 정리하는 거였다. 약 기운 때문에 명료하지는 않았다. 하지만 비취는 안간힘을 쓰며 명료해지려고 애썼다.

결국 이 방, 더 하얀 정신 병원 폐쇄 병동 격리실 1호의 비스듬한 벽 아래로 놈을 불러들이기로 했다.

변시후. 놈은 같은 반 남학생이었다.

고등학교에 진학한 첫날, 남녀 합반인 교실에서 남학생 하나가 자꾸 비취를 쳐다봤다. 힐끔거리는 것도 아니고 노골적인 시선으로 위아래 스캔해 대는 통에 비취는 몹시 불편했다.

"한비취라고? 이름 개까리하다. 난 변시후. 앞으로 잘 지내자."

비취는 대답하지 않았다. 학기 초면 으레 겪는 '이름으로 인한 주목'을 얼른 끝내고 조용히 아이들 사이에 묻히고 싶을 뿐이었다.

점심시간, 변시후는 식판을 들고 와서 비취 앞에 앉았다.

"얌마, 내가 그렇게 광선을 쏘는데 어떻게 눈길 한 번 안 주냐?"

그제야 비취는 놈의 얼굴을 바라봤다. 마른 체형에 키는 180쯤. 코끝이 뾰족한데다 입술이 얇았다. 누군가에게는 존잘이라는 소리도 들을 법한 얼굴이었지만 정이 가는 스타일이 아니었다. 특히 급식실의 투명 칸막이 너머로 짙게 쌍꺼풀진 눈이 비취의 젓가락질이나 얼굴을 따라 쉴 새 없이 움직이는 것은 정말 질색이었다. 비취는 그대로 급식실을 나와 버렸다.

"이번 까리는 재야? 별 볼 일 없어 보이는데 참 취향도 독특해."

일어서는 비취의 등 뒤로 누군가 중얼거렸다. 그 심상치 않은 복선을 그때는 대수롭지 않게 생각했다. 그 아이 말대로 비취는 누군가 첫눈에 반할 만큼 매력적인 얼굴이 아니었다. 몸매도 평범하고 키는 겨우 150을 넘기는 작은 키여서 취향이 아무리 독특하다 해도 잠깐 그러다 말겠지 했다.

"너 말야, 볼수록 아주 까리해. 눈코입이 밋밋한 게 딱 내 스타일이야. 너무 세 보이면 금방 싫증 나거든. 특히 귀 모양이 아주 맘에 들어. 잘 빚은 수제비 조각 같잖아. 아담한 키도 내 취향 저격이란 말이지!"

놈의 사냥감이 '까리'로부터 시작되어 끔찍한 집착으로 이어진다는 걸 알았다면, 그때 어떻게든 놈의 손아귀에서 벗어났어야 했다. 무시가 최고의 방어라고 생각했지만 불행하게도 그것은 비취의 착각이었다.

짝꿍이 좀 수다스러워서 떠다니는 모든 소문을 시도 때도 없이 물어 날랐기 때문에 비취는 곧 놈의 전적을 알게 되었다.

제법 부유한 집안에서 버르장머리 없이 자란 놈은 일찍이 싹이 노래서 중학교 때 부모 등쌀에 떠밀려 외국으로 귀양 간 적이 있다고 했다. 그러나 외국에 나간다고 깨진 쪽박이 붙을 리 없었다. 좁은 한인 타운에서 놈은 독보적이었고 1년 만에 다시 한국으로 소환당했다. 외국물을 먹고 글로벌한 망나니가 된 놈은 두둑한 주머니를 쓰는 방법까지 터득해서 돌아왔다. 놈은 주변에 주먹 잘 쓰는 아이들을 돈으로 포섭해 놓고 안전하게 보호받았다. 담배를 피우고 술까지 잘 마신다는 건 모두가 아는 공공연한 비밀이었고, 결석과 무단 조퇴를 밥 먹듯이 했지만 선생님조차 함부로 건드리지 못했다.

놈이 유독 여자를 밝혀서 주변 여자아이들에게 아낌없이 돈을 써 대는 통에 의외로 여자아이들에게는 평판이 그다지 나쁘지 않았다. 학교에 '까리한' 여자아이가 눈에 들어오면 거의 스토커 수준으로 집착하기로도 유명하다고 했다.

놈에게서 처음으로 '옹녀'라는 말을 들었다.

"비취? 옥이잖아. 옥녀, 옥녀? 그렇지 옹녀! 난 변강쇠고 넌 옹녀. 어때? 우리 너무 잘 어울리지 않아?"

변시후. 놈이 끈적끈적한 눈으로 옹녀라고 부르는 걸 듣고 비취는 옹녀가 누구인지 검색해 봤다.

'여색을 몹시 밝히는 변강쇠와 어울리는 음탕한 여주인공.'

글을 읽은 순간 비취는 소름이 돋았다. '비, 비, 비자로 시작하는 말'과는 차원이 다른 것이었다. 놈의 끈적이던 눈에서 떨어지던 점액질이 몸에 튀어 들러붙기라도 한 듯 치욕스러움에 온몸을 바르르 떨었다.

"넌 여자들 어디를 보면 꼴리냐?"

"난 도도한 여자가 좋아."

놈은 입학 첫날부터 재빠르게 아이들을 탐색하고 주변에 견고한 세팅을 끝낸 후였다. 덜할 것도 더할 것도 없는 딱 저 같은 놈들을 전진 배치해 놓고 여자애들을 입에 올리며 종일 시시덕거렸다.

"그런 애들이 밤에는 더 화끈하거든."

"이 새끼, 뭐야. 너 진짜 해 봤어?"

"형님이 이 어린 노무 쉐끼들하고 무슨 이야기를 섞겠냐?"

질 나쁜 어린 수컷들이 나누는 대화란 대부분 음담패설이거나 게임 이야기였고 욕을 빼면 접속사만 남을 지경이라 도무지 들을 수가 없었다. 추잡한 대화를 보란 듯 떠들어 대는 놈의 근처에 가지 않는 것이 수였지만, 문제는 놈이 마치 영역 표시라도 하듯 비취 근처에서 떠나지 않는다는 것이었다.

"변강쇠 변시후와 옹녀 한비취. 우리 만남이 너무 운명적이지 않냐?"

놈이 비취를 옹녀라고 부르면서부터 질척한 시선은 더 노골적으로 변했다.

"한 번만 더 그런 소리 지껄이기만 해."

"어쩔 건데?"

"혀를 뽑아 버릴 거야."

"오올! 존나 귀엽네?"

침묵을 긍정의 신호로 받아들이나 해서 비취는 작심하고 매섭게 쏘아붙이기도 했지만 통하지 않았다. 오히려 놈은 비취가 앙탈을 부리는 것쯤으로 생각하는 듯했다.

"특별히 바쁜 일 있냐?"

모의고사가 끝나고 일찍 하교하는 날 놈이 비취에게 물었다.

"없어도 있을 거야."

"잘됐다. 그럼 나랑 떡볶이나 먹으러 가자."

"싫어! 바쁘다고 했잖아."

"그러니까, 바쁜 와중에 나랑 데이트부터 하자고. 아무 때나 되는 쉬운 여자는 나도 관심 없거든."

"머리가 그렇게 나쁘니? 나는 너한테 전혀, 1도 관심 없어.”

“그건 별로 상관없어. 내가 관심 있거든. 그것도 아주 많이.”

능글맞게 웃는 놈을 피해 비취가 서둘러 학교를 나서자 놈의 패거리들이 교문을 막으며 계속 추근댔다.

“야, 너무 그렇게 튕기지 말고 한번 만나 줘라.”

정신을 차려 보니 놈의 패거리들에게 거의 떠밀리다시피 레스토랑에 들어갔다.

레스토랑 안의 온갖 것들을 다 시켜 놓고 놈은 집에 외제차가 몇 대라는 둥, 외국 여행을 같이 가자는 둥 허접한 이야기를 늘어놓았다. 가뜩이나 비호감이던 놈이 더욱더 혐오스러웠다.

“할 말 다 했으면 이제 가도 되지?”

비취가 자리에서 일어나자 놈이 비취의 팔을 잡아당겼다.

“너랑 자면 어떤 느낌일까? 쫄깃쫄깃, 이런 맛일까?”

놈은 접시에 있던 소시지를 입에 넣고 씹더니 입가에 묻은 소스를 혀로 쓰윽 핥으며 낮은 목소리로 말했다. 그런 말을 하면서 놈은 태연하게 웃었다. 테이블 위에 놓인 물컵을 들어 놈의 얼굴에 부어 버리고 비취는 간신히 레스토랑을 빠져나왔다.

놈은 점점 대담해졌다.

"어젯밤에도 네 생각하다가 밤새 못 잤어. 딸딸이 치느라 손가락에 굳은살이 박힐 지경이라니까."

비취 귀에 대고 가쁜 숨을 뿜어대기까지 했다.

"미친 새끼!"

우리가 그런 구역질 나는 농담을 주고받을 만한 사이가 아니란 걸 몇 번이나 분명히 말했지만 소용없었다. 밤낮을 가리지 않고 전화를 해 대다가 비취가 전화를 받지 않자 문자 폭탄이 이어졌다.

- 존나 보고 싶다. 만지고 싶어.

- 한 번 하자!

- 너도 지금 꼴리지? 그렇지?

도를 지나쳐 위험스럽기까지 했다. 비취가 놈의 번호를 차단하자 다른 번호로 전화를 했다. 밤늦게 전화기 너머로 들려오는 음산한 목소리. 휴대 전화가 울릴 때마다 비취의 가슴은 철렁 내려앉았다.

학교 상담실도 찾아갔지만 놈을 불러 반성문 몇 장을 쓰게 하거나 벌점을 주는 것이 고작이었다. 놈은 오히려 상담 선생님을 붙들고 비취가 자신의 순수한 사랑을 받아 주지 않는다고 천연덕스럽게 고민 상담까지 했다.

왜 그 끔찍한 목소리나 음란 문자들을 녹음하거나 캡쳐해 둘 생각을 못 했는지. 비취는 나중에 피를 토할 정도로 후회했지만 그때는 누구에게 들려주거나 보여 줄 생각은 커녕 마치 자신이 죄를 지은 것마냥 화들짝 놀라기 바빴다.

증거가 될 수도 있다는 걸 깨달았는지 그 뒤로 놈은 더 이상 문자를 보내지 않았다. 하지만 결코 비취를 포기한 건 아니었다.

놈은 비취를 혼자로 만들기 시작했다.

"넌 눈치를 밥 말아 먹었냐? 낄끼빠빠 몰라?"

누구든 비취 근처에 얼씬거리기라도 하면 다가가서 위협했다. 그나마 몇 안 되는 친구들도 멀어졌다. 완벽하게 왕따로 만들어서 비취가 외로움에 지친 나머지 놈에게라도 기대게 할 속셈인 듯했다. 혼자 지내는 건 이미 익숙했지만 학교 밖에서 놈과 마주치는 건 정말 무서웠다. 놈은 수업이 끝난 후 교문 앞에 먼저 나가서 혼자 나오는 비취를 기다렸다가 버스 정류장까지 따라왔다.

"우리 미스 옹, 집에 가시나?"

얼굴과 가슴과 엉덩이와 종아리를 훑어 대는 놈의 시선 때문에 비취는 번번이 알몸으로 서 있는 기분이 들기도 했다.

"변강쇠가 아주 애가 닳아 죽는다. 옹녀야! 그러지 말고 한 번 줘 버려라!"

"돌아온 변강쇠와 옹녀! 둘이 영화라도 한 편 찍는 거 어떠냐? 아니면 너튜브 개설하는 것도 좋고. 라방하면 내가 제일 먼저 구독, 좋아요 한다."

휘파람을 불며 킥킥대는 놈의 패거리들 때문에 아무 버스나 집어 타고 도망치기 일쑤였다. 다니던 학원 앞에서 어슬렁거리는 놈과 마주쳤을 때는 피가 얼어붙는 것 같았다. 비취는 결국 학원에도 갈 수가 없었다.

놈의 비열하고 끈질긴 괴롭힘을 견디면서 비취는 가끔 비취를 갈아 칼을 만들고 싶은 생각을 했다. 날카로운 초록색 칼날이 놈의 심장에 박혀 선명한 붉은 피를 쏟아내는 장면을 떠올리며 끔찍한 시간을 견뎠다.

생각하고 싶지 않은 그날. 드디어 집 앞 골목에서 놈을 마주치고 말았다. 놈이 우연히 거기 있었을 거라는 추측은 무리였다. 이제 하늘 아래 안전한 장소는 없어진 건가. 비취는 덜컥 겁이 났다.

놈이 실실 웃으면서 앞을 가로막고 섰다.

"왜 이렇게 늦게 다녀?"

"네가 무슨 상관이야!"

겁먹은 걸 들키지 않으려고 애썼지만 목소리가 떨리는 걸 감출 수는 없었다.

"씨발년이. 적당히 해라. 앙탈까지 부리면 야이씨, 겁나 섹시하잖아."

놈을 피해 옆으로 돌아가려고 하자 곧 억센 손이 비취의 팔목을 낚아챘다.

"씨발, 그냥 들어가려고?"

"이거 놔!"

"이야기 좀 하자는데 씨발년이 겁나 비싸게 구네?"

갑자기 놈이 어두운 곳으로 끌고 가더니 비취를 벽으로 밀어붙였다.

"아아, 몸으로 먼저 이야기하는 걸 선호하는 타입인가?

어때, 오빠가 가르쳐 줘?”

놈에게서 술 냄새가 났다. 비취는 정신을 차리려고 안간힘을 썼다.

“너 술 마셨지? 할 말 있으면 술 깨고 맨정신으로 낼 학교에서 해.”

“으흐흐흐. 할 말? 내가 할 말은 이거 하나야. 학교에서는 이론만 가르쳐 주니까 오늘은 실습하자는 거.”

“저리 꺼져!”

“요 수제비같이 귀여운 귓불 좀 봐. 맛도리네.”

술 냄새와 함께 뿜어져 나오는 놈의 입김은 지옥에서 뿜어 올라오는 악마의 숨소리 같았다.

“쌍년아, 오빠가 실습은 잘 가르쳐 줄 수 있어. 오늘 아주 신세계를 경험하게 해 줄게.”

“제발!”

비취는 절망 속에서 기도했다.

‘하느님, 지금 놈을 죽일 수만 있다면 영혼이라도 팔겠습니다.’

“차로 가자. 아빠 차 가지고 왔어. 차에서 조용히 가르쳐 줄게.”

놈이 골목에 세워진 검은 차를 가리키며 몸을 떼는 순간 비취는 있는 힘껏 놈의 가랑이 사이를 걷어찼다.

"컥!"

놈은 비명을 지르지도 못하고 사타구니를 움켜쥐며 나뒹굴었다.

"개자식!"

비취는 놈에게 침을 뱉었다. 할 수만 있다면 내장까지 몽땅 끄집어내서 씻어 내고 싶었다.

"이 씨발년이!"

"어설프게 사람 흉내 내지 마! 이 더러운 수컷 새끼야!"

더 지독한 말이 떠오르면 좋을 텐데. 말에 칼날을 심어 놈의 살을 발기발기 찢어 죽일 수 있다면. 비취는 있는 힘껏 비명을 질렀다. 비취의 비명을 듣고 누군가 뛰어오는 소리가 들렸다.

"독한 년!"

이글거리는 눈으로 비취를 노려보던 놈이 비틀거리며 일어났다.

"내가…… 내가 그렇게 싫어?"

갈라진 목소리로 놈이 물었다. 놈의 눈에서 절망이 차갑게 번뜩였다.

"아주…… 끔찍하게, 넌덜머리가 나게 싫어!"

단호하게 말하는 비취를 보며 놈은 텅 빈 눈으로 한참 동안 서 있었다. 그러더니 돌아서 휘적휘적 걷기 시작했다.

놈이 멀어지자 비취는 다리에 힘이 풀려 털썩 그 자리에 주저앉고 말았다. 참았던 눈물이 쏟아졌다. 그날 이후, 검은 차만 보면 심장이 덜컥 내려앉았다.

"안녕? 비취야?"

이튿날 아침, 놈은 아무 일 없었다는 듯 말짱한 표정으로 비취에게 인사를 해 왔다. 옹녀라는 호칭 대신 비취라는 이름을 부르며 음산한 미소까지 지었다. 갑자기 등골이 서늘해졌다. 폭풍 전야 같은 불안함과 음산함이 떠돌고 있었다.

"얘기 들었어? 우리 반 H 양이 원조교제를 한다던데?"

"헐! 대박! 그렇게 고고한 척해 대더니 완전 음흉하네?"

"근데 그러기엔 상품성이 좀 부족해 보이지 않아? 일단 와꾸가 부족한데?"

"왜 이러셔. 어리면 환장들 하잖아."

"멋지다! 한땡땡!"

비취는 처음엔 그게 자신한테 하는 소리인 줄 몰랐다. 일부러 부주의하게 흘리는 뒷담화엔 비취가 하지 않은 일들이 너무 구체적으로 씹히고 있었다. 비취조차도 믿을 만큼.

"누가 봤다던데? 어떤 틀딱이랑 팔짱 끼고 무인텔에 들어가는 거. 사거리에 있는 그 무인텔 말이야. 간도 크지. 학교 근처에서 장사를 하냐!"

"정말? 진짜 걔 맞대?"

"화장을 진하게 해서 처음엔 갸웃했는데 다시 보니 확실하더래. 왜 있잖아. 걔 가방에 고양이 키링 달고 다니잖아. 그 가방까지 메고 있더라는데?"

"세상에. 요즘 생선이 잘 안 팔리나? 아무리 그렇다고 생선 대신 지 몸을 파냐?"

"진짜 쪽팔려서 같이 학교 다니기 싫다. 이거 학교에 고발해야 하는 거 아니야?"

소문의 근원지는 물론 놈이었다. 놈도 굳이 그걸 숨기려

하지 않았다. 그날 비취가 준 모욕의 대가라기엔 너무 치졸했다.

하지만 놈이 혼자 시작한 복수극에 반 아이들이 동조하게 된 건 평소 비취의 처신과도 관련이 있었다. 비취가 생각해도 평소 자신의 태도가 좋은 밑밥을 깔아 준 건 부정할 수 없는 사실이었다. 중학교 시절 아이들의 표현대로라면 비취는 생선 장수 딸인 주제에 눈빛이 거만하고 말투는 단답형이어서 사람을 기분 나쁘게 만든다고 했다. 한마디로 비취는 아이들에게 재수 없는 캐릭터였고, 수업 시간에 선생님에게 쓸데없는 질문을 해 대는 바람에 자신도 모르는 사이에 '간헐적 관종'이라는 부캐까지 갖고 있었다.

교과서에 나오지 않는 미셸 투르니의 소설 따위를 묻는 비취를 선생님들 역시 신통해하지 않았다. 비취의 질문들에 아이들은 대놓고 야유를 퍼부었다. 그러므로 놈이 물어 온 가십은 약발이 아주 잘 받았다.

어느 날 비취는 오징어 다리 씹듯 잘근잘근 비취를 씹어 대는 단톡방에 초대되었고, 아이들은 다시 초대하고 다시 초대하기를 수없이 되풀이했다. 앱을 삭제했더니 문자 폭탄이 날아왔다.

- 너, 석기 시대에서 지랄 농사짓는다며? 올해 지랄도 풍년이야? 널 알현하려면 반달칼 들고 가야 하는 거냐?

- 그러지 말고 너한테 어울리는 곳으로 꺼지는 건 어떠니?

비취는 휴대 전화를 꺼 둔 채 집에 두고 다녔다. 전원을 켜면 전화기는 참았던 육두문자를 한꺼번에 쏟아냈다. 그러다 보니 비취는 모든 학급 행사에서 별수 없이 열외됐고 모둠으로 해야 하는 수행 평가에서도 0점을 받았다.

검은 차가 따라다니기 시작한 건 그즈음이었다. 음산한 검은 승용차는 비취가 어딜 가든 따라왔다.

언젠가 엄마와 길을 걷다가 자꾸 두리번거리는 비취를 보고 엄마가 물었다.

"비취야, 아까부터 뭘 그렇게 찾아. 왜 자꾸 두리번거리는 거야?"

"엄마, 저 검은 차가 우리 따라오는 것 같지 않아?"

"무슨 소리니? 우릴 왜 따라와. 봐, 그냥 지나가잖아."

"저기, 저 검은 차가 우리 쪽으로 오고 있어."

"너 요즘 부쩍 이상한 거 알아? 밤에 잠도 제대로 못 자는 것 같은데 무슨 걱정거리라도 있는 거야? 혼자 끙끙 대지 말고 엄마한테 말해 봐.”

비취는 아무 말도 할 수 없었다. 밤새 끙끙 앓아도 꼭두새벽이면 어김없이 일어나 수산시장에 가서 물건을 떼고, 다시 또 종일 장사를 하는 엄마의 고단한 어깨에 짐을 더 얹을 수는 없었다. 엄마가 안다고 한들, 무슨 뾰족한 수가 있을 리도 없었다. 다른 도시로 이사 가자고 할까 잠깐 고민하기도 했다. 하지만 수십 년 동안 같은 자리에서 장사하고 있는 엄마에게 낯선 곳으로 가서 다시 시작하자는 말은 도저히 꺼낼 수 없었다. 비취는 학교에 가는 것이 끔찍하게 싫었지만 도살장에 끌려가는 심정으로 꾸역꾸역 학교에 갔다.

어느 날부터인가 비취의 귀에 목소리가 들려오기 시작했다. 처음에는 마이크 테스트라도 하는 것처럼 야! 야! 하는 잡음이 들리다가 어느 순간 아주 또렷하게 목소리가 들려왔다.

옹녀야, 한번 하자!

놈의 목소리였다. 머릿속이 하얘졌다. 귀를 귀마개로 막아 봤지만 오히려 더 크게 들렸다. 목소리는 점차 빈번해졌고 그럴 때마다 진저리를 치며 오그라들었다.

죽어 버려!

놈의 목소리가 어느 순간 자신의 목소리로 바뀌어 들릴 때는 비취는 정말 귀를 떼어내고 싶었다. 수제비 조각 같다는 귀, 비취의 모든 불행의 시작은 귀에서 시작됐는지도 몰랐다.

병신같이 굴지 말고 그냥 죽어 버려. 벌레만도 못하게 살아서 뭐 할래?

다른 이가 아닌 비취 자신이, 자신을 향해 퍼붓는 저주는 상상 이상의 고통이었다. 온종일 욕을 해 댔고 그 욕을 비취도 모르게 입으로 내뱉을 때도 있었다. 비취는 욕이 튀어나올까 봐 입을 꼭 다물고 살았다. 밥도 물도 최소한의 양만 아무도 없을 때 먹었다.

뭘 그렇게 처먹어? 그렇게 살고 싶어? 너 같은 거 하나 죽어도 누가 눈물 한 방울이라도 흘릴 줄 알아?

비취는 며칠 만에 먹었던 샌드위치 한 조각을 그대로 토해 냈다. 귀에서 윙윙대는 목소리가 너무 커서 맨발로 뛰쳐나왔다가 검은 차를 발견하곤 주저앉아 울부짖기도 했다. 지나가던 사람들이 힐끔거리며 킥킥댔다. 가래침을 뱉고 가는 사람도 있었다. 사방에서 손가락질하며 죽으라고 했다. 검은 차는 클랙슨을 울리며 쫓아왔다.

비취는 결국 도망치다, 도망치다, 이 비스듬한 벽 앞에 당도했다.

102호

비취는 밤새 잠들지 못한 채 비스듬한 벽에 붙잡혀 있었다. 벽 너머로 누군가 두런거리는 소리가 들렸다. 여자아이의 명랑한 목소리. 왠지 비현실적인 느낌이 들었다.

"격리 해제예요. 따라와요."

간호사가 문을 열고 들어왔다. 비취는 부스스 일어나 격리실을 나왔다. 약 기운과 밤새 시달린 불면으로 다리가 휘청였다. 오른쪽 2호 격리실 쪽으로 자신도 모르게 고개가 돌아갔다. 열린 문틈으로 머리를 산발한 여자가 늘어져 있는 모습이 보였다. 어제 비취와 함께 물소가 된 여자인 듯했다. 다행히 지금은 묶이지 않은 상태였다.

비취는 낯선 여자에게서 동지애를 느꼈다. 비취나 그녀나 모두 A4 용지 두께만큼 가볍고 얇은 사람들이었다. 그것도 한쪽은 이미 휘갈겨져 있는 사람들. 그 뒷면이나마 뭔가 다른 것을 좀 더 반듯하게 쓸 수 있지 않을까 하는 기대에 여기 들어온, 혹은 끌려온 바스락거리는 사람들.

통로를 지나니 간호사실이 보였다. 간호사 앞에서 비취 또래의 여자아이가 재잘거리고 있었다. 좀 전에 들었던 그 목소리였다.

"오늘 메뉴 좀 봐. 두부조림에 김칫국이라니. 말이 돼? 여기 식당은 진짜 메뉴에 영혼이 없어. 청소년의 바람직한 성장에 이바지할 생각은 조금도 없나 봐. 두부에 김칫국만 먹고 어떻게 뼈와 근육의 성장에 필요한 에너지를 보충할 수 있겠냐고."

여자애의 목소리는 유난히 통통 튀었다. 바깥이었다면 평범한 여학생처럼 보였겠지만 폐쇄 병동에서 튀는 명랑함이란, 절대 평범하지 않아 보였다.

폐쇄 병동의 내부는 일반 병동과 다를 바 없었다. 어두운 빛깔의 소파와 탁자가 양쪽에 놓여 있었고 벽에 걸린 모니터엔 아무도 보지 않는 영상이 반복적으로 돌아가고 있었다.

물론 일반 병동과 완전히 같지는 않았다. 여자아이의 목소리를 제외하곤 시간이 슬로우 모션으로 흐르는 듯 무겁고 끈적한 공기가 떠다녔다. 라운지에 앉아 있는 사람들은 표정이 없었다.

102호실 앞에서 간호사가 걸음을 멈췄다.

"가방은 침대 위에 뒀으니 사물함에 정리해서 넣어요."

문을 열고 들어가니 침대가 세 개 보였다. 3인실이었다. 병실엔 아무도 없었다. 창가 쪽은 이미 주인이 정해져 있고 비취의 가방은 가운데 침대에 놓여 있었다. 벽 쪽 침대엔 아직 침구 준비가 안 된 채였다.

비취가 가방을 채 풀기도 전에 발칵 문이 열렸다.

"반가워! 우리 방에 온 걸 환영해!"

금방 간호사실 앞에서 본 아이였다.

"누가 오나 되게 궁금했는데 어린 개체가 와서 다행이야."

아이는 비취에게 '어린 개체'라고 할 만한 나이는 아닌 걸로 보였지만, 무시하기로 했다. 밑도 끝도 없는 명랑함과 상대할 기분이 아니었다.

"정말 오래 기다렸어. 혹시 날 기억하니?"

간호사실 앞에서 만난 것을 기억하냐고 묻는 것은 아닐

것이다. 비취는 당황스러웠다.

"아, 내 이름은 별하야. 난 카오스의 혼돈 속에서 최초로 발아했어. 일주일 동안 신과 함께 천지를 창조했지. 모든 창조가 끝난 후, 우주의 질서를 지키기 위해 유영하는 낭만 자객이라고나 할까. 지금은 아주 막중한 임무를 띠고 지구 별에 잠시 착륙 중이야."

비취는 별하가 슬슬 피곤해지려고 했다. 바로 옆 침대에서 저렇게 종일 떠들어 댄다면 곤란하다. 무엇보다 비취는 저 아이가 제정신인지 어떤 건지 불안했다.

"미래는 남자를 피하기 위해서 왔다고 했고, 효정이는 엄마를 피해서 왔다고 했어. 넌 누구를 피해서 왔어?"

아이는 몹시 수다스러운데다 남의 대답을 기다리는 진득한 스타일은 아니었다.

"재미없더라도 견뎌 봐. 의사들은 자신들이 인정할 수 없는 거대한 진실을 아는 소수의 선각자들을 경계하지. 슬프지만 당분간은 받아들일 수밖에 없어. 나도 지구인들에게 아직도 적응이 안 되는 중이거든."

'조증인가?'

"조울증이래. 할렐루야! 가당치 않은 병명이지. 난 별로 신경 쓰지 않아."

아이는 비취의 생각을 읽기라도 한 듯 대답했다. 별하가 왜 이렇게 명랑한지는 금방 이해됐지만, 지구에 부적응 중인 조울증 환자와 잘 지낼 수 있을지 자신이 없었다. 병실을 바꿔 달라고 할까? 고민하는 중에도 별하의 수다는 아랑곳없이 계속됐다.

"잘 먹고, 잘 자고, 잘 싸면 돼. 여기선 그거만 잘하면 장땡이야."

닥터 김의 처방전보다는 확실히 마음에 들었지만 그게 얼마나 어려운 일인지 저 아이는 모르는 건가. 비취는 인내심의 한계를 느꼈다.

"앗! 식사 시간이다. 늦었다. 얼른 밥 먹으러 가자."

갑자기 다가온 별하가 팔짱을 꼈다. 비취는 자신도 모르게 팔을 뿌리쳤다.

"몇 살이니, 너?"

먼저 호칭 정리가 필요할 듯했다.

"나? 지구 나이로 열다섯쯤? 그런 게 중요한가? 지구인들은 꼭 나이를 물어보더라. 유치하게. 이마에 나무처럼 나이테를 그리고 다녀야 하려나."

“난 열여덟 살이야.”

별하 말대로 좀 유치하다는 생각은 들었지만, 열여덟 살에 악센트를 주며 말했다.

“응, 그렇구나. 얼른 가자. 밥 먹으러.”

별하는 통통거리며 문을 향해 걸었다. 정상적인 의사소통은 포기해야 하나. 비취는 현기증을 느꼈다.

“식당 어딘지 알아? 빨리 가지 않으면 식사 시간 끝나.”

그제야 비취는 금방 느낀 현기증이 별하 때문만은 아니란 걸 깨달았다. 며칠째 제대로 된 식사를 하지 못한 비취의 위장이 허기를 드러내고 있었다. 비취는 어쩔 수 없이 별하 뒤를 따랐다.

식당은 병동 지하에 있었다. 느리게 움직이던 화면이 갑자기 빨라졌다. 사람들이 한 곳으로 움직였다.

“효정아, 미래야. 인사해. 내 방에 새로 온 뉴페이스야.”

별하는 먼저 와 있는 두 아이 곁으로 달려가더니 비취를 가리키며 말했다. 한 아이는 키가 크고 통통했고, 다른 아이는 작고 말랐는데 오히려 그래서 둘이 한 쌍처럼 보였다.

키가 크고 통통한 쪽이 효정이었다. 효정은 짙은 화장을 하고 있었다. 두껍게 그린 눈썹에 짙은 새도, 과도한 볼 터치와 빨간 틴트. 이런 곳에서 풀 메이크업이라니…….

"얘는 미래."

키가 작고 마른 미래는 아기같이 앳된 얼굴을 갖고 있었다. 효정과는 반대로 화장기가 전혀 없는 뽀얀 얼굴이었다.

"미래야. 웬일로 식당에 내려왔어?"

별하가 미래의 팔짱을 끼며 물었다. 팔짱을 끼는 건 습관인가. 비취는 또다시 별하의 팔 한쪽이 다가올까 봐 얼른 뒤로 물러났다.

"간호사한테 쫓겨 왔지 뭐."

미래는 밥 먹는 일이 가장 큰 걱정이라는 얼굴로 식판을 받았다. 머리가 부스스한 여자들과 눈이 텅 빈 남자들이 하나둘씩 식판을 들고 자리를 잡았다.

비취는 세 아이와 떨어져 앉고 싶었지만 실패했다. 비취가 자리를 잡을 때까지 기다리던 별하가 바로 옆에 달싹 앉아 버렸다. 미래와 효정이 비취의 맞은편에 앉았다.

별하가 말했던 영혼 없는 메뉴들이 식판에 담겨 있었다. 두부조림, 콩나물, 감자볶음과 김칫국. 강한 허기와는 반대로 혀가 수세미처럼 거칠어서 겨우 밥을 넘겼다.

앞에 앉은 효정은 식판까지 씹어 먹을 기세로 허겁지겁 밥을 먹는 중이었다. 미래는 젓가락으로 먹는 시늉만 하다가 효정이 밥을 다 먹자 잽싸게 자기 식판과 효정의 식판을 바꿨다. 모든 건 아주 자연스러웠고 효정은 미래의 식판을 받자 처음 밥을 먹는 것처럼 정신없이 먹었다.

"영양사는 획기적인 각성이 필요해. 이곳 환자들에게 필요한 음식은 뇌 건강에 좋은 것들이야. 오메가3 지방산이 풍부한 생선이나 견과류 그리고 풍부한 단백질이지. 그러니까 이 김칫국엔 단백질을 함유한 뭔가가 들어가야 하고 콩나물 대신 시금치나물이, 감자볶음엔 호두나 견과류가 들어가야 맞아. 그러니까 하고 싶은 말은 이 식단은 너무나도 불균형한 데다 가장 중요한 조미료인 정성이 빠졌다는 거야."

별하는 여전히 수다스러웠다. 밥을 한 숟가락 수북하게 떠서 국에 말아 우걱우걱 먹으면서도 계속 불만을 늘어놓았다.

"설마 여기서 정성 어린 집밥을 원하는 건 아니지?"

미래가 시큰둥하게 말했다.

"하긴, 집밥은 집에서도 못 먹었어. 나를 키운 음식의 팔할은 편의점 삼각 김밥과 컵라면이었지."

미래와 별하가 종알종알 말을 이어 가는 동안 효정은 신속하게 식판 두 개를 비운 뒤 아쉽다는 듯 입맛을 다셨다. 그러더니 아직 손을 대지 않은 비취의 두부조림을 숟가락으로 가리켰다. 비취가 고개를 끄덕이자 효정은 잽싸게 두부조림을 덜어 갔다. 두부조림 두 개가 순식간에 효정의 탐욕스러운 볼 안으로 사라졌다.

"병동 구경시켜 줄까?"

별하가 다가와 팔짱을 끼자 비취는 더 이상 참을 수 없었다.

"제발 좀 내버려 둘래?"

거칠게 팔을 빼며 쏘아붙였다. 별하는 별로 놀라는 기색도 없이 순순히 말했다.

"그래. 혼자만의 시간도 필요하지. 혹시 뭔가 떠오르면 말해."

그렇게 이해할 수 없는 말을 내뱉고 별하는 어디론가 사라졌다. 병실로 돌아오니 옆 침대엔 그사이 새 이불이 준비돼 있었다. 누군가 곧 들어올 모양이었다. 침대에 걸터앉아 비취는 나직하게 한숨을 내쉬었다.

휴식은 길지 않았다. 문이 열리며 한 여자가 비틀거리며 들어왔다. 산발한 머리를 묶긴 했지만, 옆 격리실 여자라는 걸 비취는 한눈에 알아봤다. 여자는 아슬아슬하게 걸어들어오더니 침대에 그대로 고꾸라졌다. 뒤따라 간호사가 커다란 캐리어를 끙끙대며 밀고 들어왔다. 이삿짐을 통째로 가지고 다니는 건가. 끌고 다니기보다는 들어앉아 끌려다녀야 맞을 만한 크기의 캐리어였다.

"미스 최! 이 지겨운 캐리어는 도대체 언제까지 끌고 다닐 거예요?"

미스 최라는 여자, 여기가 처음은 아닌 모양이었다.

"아, 학생은 컵 들고 나가서 약 받아먹어요."

간호사의 말에 비취는 밖으로 나갔다. 컵이나 물병을 든 사람들이 간호사실 앞에 길게 줄 서 있었다. 별하는 보호사 옆에서 또 떠들고 있었고, 보호사는 건성으로 고개만 끄덕일 뿐이었다. 별하, 효정과 미래, 비취 외엔 거의 다 성인이었다. 환자들은 약을 먹은 후 제대로 삼켰는지 입을 벌리고 혀 밑까지 검사받았다.

비취 손에는 알약이 여섯 개나 올라왔다. 어제 먹었던 알약 몇 개와 새로 추가된 낯선 알약들. 울컥 울분이 치밀었다. 기어이 나를 환자로 만들 셈인가? 비취는 약을 받아 들고는 부들부들 떨기 시작했다.

크크크! 꼴 좋다! 미친년에게 꼭 필요한 영양제야, 어서 먹어!

놈의 목소리가 비취를 비웃기 시작했다. 여기까지 따라왔다. 기어이…….

"삼키고 입 벌려 주세요."

간호사가 재촉하는 순간 비취는 알약들을 벽을 향해 던져 버렸다. 그러고는 머리통 양옆에 붙은 수제비를 떼어내기 위해 귀를 쥐어뜯었다.

"이딴 거 안 먹어요! 난 멀쩡해! 미치지 않았단 말이에요."

곁에 있던 보호사가 비취의 팔을 붙들었다. 순식간에 비취의 고개를 젖히더니 턱을 움켜쥐었다.

"악!"

비취가 소리를 지르자 간호사가 재빨리 약을 털어 넣었다. 모든 것은 아주 신속하고 노련하게 이루어졌고 비취는 결국 약을 목구멍으로 넘기고 말았다.

“부디 매번 이런 짓을 하게 하진 말아요.”

간호사가 단호하게 말했다. 그 순간, 비취는 완벽한 무력함을 느꼈다. 스르르 팔다리에서 힘이 빠져나갔다.

“도움이 더 필요한가요?”

보호사가 물었다. 비취는 힘없이 고개를 흔들었다. 모멸감과 무력감이 어깨를 짓눌렀다. 비취는 비틀거리며 병실로 걸음을 옮겼다. 비취가 빠져나가자 뒤에서 순서를 기다리던 환자들은 다시 무표정하게 약을 받아먹기 시작했다.

비취의 눈에 한 움큼의 알약을 초콜릿 삼키듯 아무렇지 않게 받아먹은 별하가 통통통 어디론가 뛰어가는 것이 보였다.

비취는 나중에 미래에게서 별하가 말하지 않은 별하의 병명을 들을 수 있었다.

조현병.

말로만 듣던 바로 그…….

닥터 김이 비취에게 면담을 요청했다. 비취가 벌인 두 번의 난동은 닥터 김의 귀에 들어갔을 것이다. 내키지 않았지만 비취는 면담실에 들어가 앉았다.

"소란이 있었다고 들었다. 적응이 쉽지는 않겠지. 네 마음은 이해한다."

"그럴 리가요."

가식적인 위로. 붉은 카펫보다 별하의 환영 인사보다 어쭙잖다.

"격리실에선 괜찮았니?"

놈의 앞잡이 주제에 걱정하는 척이라니.

"약은 꼭 먹어야 한다. 입원을 결정한 건, 그 사건 때문만은 아니야. 비취 학생의 우울증과 환청, 환각 증상은 빨리 치료를 받아야 해."

닥터 김은 정신과 의사치고는 너무 젊다. 이제 갓 전공의 과정을 마쳤을까 싶은 풋내기 의사. 정신병을 책으로 배운 사람이 과연 얼마나 환자를 이해하고 있을까.

"목소리는 아직도 들리는 거냐? 구체적으로 어떤 말을 하지?"

"돌팔이, 풋내기야. 네가 뭘 알아? 책에서 배운 거로 남의 인생에 대해서 얼마나 아는데? 주로 이런 식요."

빈정거리며 내뱉는 말에도 닥터 김은 별로 동요하지 않았다.

“이런 말이 선생님 귀에 들리면 어떨 것 같아요?”

“틀린 말은 아니니 겸허하게 받아들이도록 노력해야지.”

“더 심한 말도 들려 드릴 수 있어요.”

“자주 듣는다. 환청이 아니라 환자들에게 이렇게 직접.”

환자를 엿 먹이는 법. 이런 걸 교양 과목으로 배운 건가? 안간힘을 쓰며 버티고 있는 비취에 비해 너무 평온해 보이는 닥터 김을 보며 비취는 입술을 깨물었다.

“착각하지 마라. 생각보다 다른 사람들은 너에게 관심이 없어. 그러니까 너도 그들에게 관심을 가질 필요가 없어. 설사 그들이 욕을 한다고 해도 무시하렴.”

아직은 완전히 미치지 않아서 그것이 환청이며 환각이란 걸 비취도 알고 있다. 하지만 목소리를 듣는 순간, 사람들의 손가락질을 받는 순간엔 모든 것이 오롯하고 생생한 현실인 거다. ‘이건 환청이야!’라는 이성적인 생각이 파고들 만한 여유 따윈 없는 것이다.

“환청은 불안이나 스트레스 또는 기대에서 시작해. 단지 신경 전달 물질의 오류일 뿐이야. 환청에 무관심하면 영향력은 점점 줄어들 거야. 힘들면 나를 불러도 된다.”

“지금 가장 힘든 건 여기 계속 앉아 있는 거예요.”

“아무리 좋은 의사도, 좋은 약도 완벽한 정답을 가르쳐 줄 순 없다. 모든 건 네 마음에 달렸어.”

“그러니까 결론은 나만 잘하면 되는 거네요. 그렇게 간단한 방법이 있는데 왜 나를 여기 가두는 건데요.”

“감금이 아니라 보호야. 너를 입원시킨 건 보호와 치료가 목적이다. 무엇보다 너로부터 안전해지길 바란다. 어머니가 걱정을 많이 하고 계셔.”

엄마라는 말에 울컥 가슴이 뜨거워졌다.

“어제오늘 있었던 일 엄마한테 이야기하셨어요?”

“모든 치료는 보호자와 과정을 공유해야 한단다.”

비취는 자리에서 벌떡 일어나 문을 향해 걸었다.

“부탁이다. 치료에 협조해 주렴.”

등 뒤로 들려오는 닥터 김의 말에 비취는 문을 쾅 닫는 것으로 대답을 대신했다.

면담실을 나온 비취는 병실로 돌아가지 않고 무작정 걷기 시작했다. 남자 병실과 여자 병실 사이의 통로를 지나니 휴게실이 보였다. 휴게실 의자에 꽉 끼는 꽃무늬 자주색 티와 몸뻬 바지를 입은 남자가 멍하니 앉아 있었다.

"끌끌, 저 냥반도 엔간히 급했나 보네!"

반대쪽 소파에 앉아 있던 할머니가 중얼거렸다.

"아그야, 니는 어제 들어왔제잉?"

비취와 눈이 마주친 할머니가 말을 걸어왔다. 귀에 익은 전라도 사투리. 지금은 돌아가신 외할머니 말투였다.

"존 곳노 넗을 거인디 아그들이 어째 자꾸 들어와싼가 몰겄네."

졸려서인지, 몸이 안 좋아서인지 할머니는 처진 눈을 감았다 떴다 하며 연신 하품을 했다.

"여그 있다 보면 저 냥반처럼 희한헌 옷 입고 댕기는 남자들이 심심찮게 보인당께. 실려 오거나 잽혀 오는 사람들이 옷 챙길 여유가 어디 있었어. 즈그 엄니나 마누라가 급헌 대로 지 옷이라도 싸서 보내는 거제."

귀를 간지럽히는 사투리를 듣고 있노라니 외할머니와 이야기하는 것 같았다.

"아가, 니는 잠은 잘 자냐잉? 나는 잠 한번 오지게 자 보는 거이 소원인디."

"아니요."

"벌써 그러면 어쩐다냐. 머시 힘들어서 왔능가는 모르겄

다만 속 끓이고 살지 말어야. 꽃같이 이쁜 나이에 뭐시 서러워서 그러냐. 잊어 불건 잊어 불고, 그리 살어. 그것이 나를 살리는 일이여. 살아 봉께 그래야.”

할머니의 말에 비취는 울컥 눈물이 나려고 해서 얼른 자리를 떠났다.

병동을 이리저리 걷다가 작은 산책로를 찾아냈다. 외부로 나갈 수 없는 폐쇄 병동 안, 건물 사이에 난 아주 인색하게 짧은 산책로였다. 산책로에 있는 나무 한 그루가 비취의 눈에 들어왔다. 초겨울인데도 빨간 열매들을 주렁주렁 단 나무. 떨어져 뒹구는 열매를 하나 주워 들었다. 플라스틱인가 싶을 정도로 열매가 예뻤다.

비취는 가만히 나무를 흔들었다. 뚝 하고 열매 하나가 떨어졌다.

피처럼 붉은 열매들.

뚝, 열매 하나가 더 떨어졌다.

빨간 핏방울 같다.

뚝. 뚝. 한 방울. 두 방울. 이내 흥건해지는 핏줄기.

놈의 팔목을 그어 버린 건 절대 충동적인 행동이 아니었다. 이성적이고 냉철하게 옮긴 실행이었다. 수제비 조각 같은 귀를 통해 그 목소리가 시켰지만 결정은 비취가 했다. 그 순간, 비취는 명료했다.

비취에게 사타구니를 걸어차인 후 놈은 점점 더 악랄해졌다. 원조교제를 한다는 헛소문을 퍼뜨린 건 시작에 불과했다. 비취에 대한 미련을 거둔 대신 집요하고 잔인하게 괴롭히는 일에 매진했다.

"오늘부터 옹녀는 너희들과 공유한다. 슬슬 싫증이 나기 시작해서 말이야."

놈은 아주 호탕하게 외치며 놈의 패거리들에게 비취를 넘겼다.

"야, 걸레! 오늘은 어떤 사또의 수청을 들러 가시나?"

옹녀가 나았다. 걸레보다는.

"얼마나 솜씨가 좋은지 어떤지 우리가 한번 테스트 해줘? 단체는 좀 할인 안 되냐?"

놈과 패거리들은 때와 장소를 가리지 않고 비취를 희롱했다. 급식 시간엔 비취 식판에 침을 뱉고 가는 일도 서슴지 않았다.

과학 시간이었다. 놈이 갑자기 비취가 앉은 테이블로 자리를 옮겨 앉았다. 모둠별로 하는 수업이었는데 어느 틈에 비취의 모둠원들은 다른 모둠의 테이블로 옮겨 가고 없었다. 놈의 패거리들이 양옆에 그리고 놈이 비취의 정면에 앉았다.

"헤이! 내가 요즘 투시력이 생겼는지 사람을 보면 속이 다 보인다. 아주 적나라하고 세밀하게. 한때 까리했던 여자들은 더."

한쪽 입꼬리를 올리고 팔짱을 낀 채, 놈이 의자에 기대어 고개를 젖혔다.

"이 새끼, 너만 좋은 구경하지 말고 비법을 전수해."

"순서를 기다려. 내가 먼저 감상할 테니. 과학적으로다가."

놈은 과학 시간 내내 눈을 가늘게 뜨고 비취의 몸 여기저기를 훑어봤다. 온몸에 송충이가 기어가는 것 같았지만 양옆을 포위한 패거리들 때문에 꼼짝도 할 수 없었다. 비취의 손이 부들부들 떨렸다. 그러면 그럴수록 놈의 입꼬리가 올라갔다.

놈이 볼펜을 굴려 떨어뜨렸다. 놈은 몸을 굽혀 볼펜을 주우면서 아슬아슬하게 교복 치마 옆으로 손을 스치고 지나갔다. 놈은 부주의를 가장해 아주 신중하게 같은 짓을 반복했다. 패거리들이 킥킥댔다. 소리를 질렀더니 무슨 일인지 모르겠다는 천연덕스러운 연기를 했다.

"이제 나도 재미 좀 보자."

놈에 이어 패거리 중 한 놈도 볼펜을 떨어뜨리고 같은 짓을 했다. 놈은 찬찬히 바라보다가 몸을 숙여 비취의 귀에 속삭였다.

'맘에 드는 녀석이 있으면 말해. 오늘 한번 제대로 해 주라고 할게.'

그러고는 윙크를 하더니 비취를 보며 웃었다.

웃었다? 웃었다! 웃었다?

죽여 버려! 칼이 있잖아! 집어 들어. 놈을 해치워. 지금이 기회야!

책상 위에 커터 칼이 놓여 있었다. 커터칼을 집었고 순식간에 비취는 봤다. 놈의 팔목에 그어진 20센티미터가량의 금에서 피가 뚝뚝 떨어지는 것을 봤다.

"으악! 이 쌍년이!"

놈이 피투성이가 된 팔목을 붙잡고 소리 질렀다. 교실은 금방 아수라장이 되었다. 몇몇 여자아이들이 울음을 터뜨렸고 구역질하는 아이들도 있었다.

비취는 웃었다. 놈의 일그러진 얼굴을 보며 웃었다. 목소리가 함께 웃었다. 비취는 처음으로 목소리와 같은 편이라는 느낌이 들었다. 피로 흥건하게 적셔진 테이블 위로 올라가 춤이라도 추고 싶었다. 병신처럼 징징대며 보건실로 가는 놈을 보며 웃었다. 비취는 그대로 학교 옥상으로 뛰어 올라갔다. 너무 기분이 좋아서 지금 뛰어내리면 하늘로 날아오를 것 같았다. 하지만 곧 비취 뒤를 뒤쫓아 온 선생님들에게 끌려 내려가는 바람에 실패했다. 비취는 웃음을 멈추지 않았다. 웃다가 웃다가 정신이 까마득해질 때까지.

그리고 시간이 흘렀다. 단지 까리하다는 이유로 놈에게 당한 모든 일이 비취의 일방적인 학폭으로 교체됐다. 그러는 동안 놈은 피해자 코스프레를 충실하게 해냈다.

비취는 발밑에 딩구는 빨간 열매를 발로 짓이기고 산책로를 나왔다.

병실로 돌아갔을 때 여자가 일어나 밥을 먹고 있었다. 간호사가 깨워서 억지로 먹이는 중이었다. 먹는 시늉만 하는 여자에게 간호사는 짜증을 내며 재촉했다.

"아무리 새 박사라지만 밥도 새 모이처럼 먹으면 어떻게 해요. 이번엔 도대체 얼마나 마셨기에 이 지경인 거예요."

어젯밤과는 달리 여자는 순순히 간호사의 지시에 따랐다.

간호사가 나가자 여자가 몸을 비틀비틀 일으켜 캐리어를 열었다. 비취의 눈도 여자의 손을 따라 움직였다. 캐리어 안은 겉옷과 속옷, 책 그리고 신발까지 어지럽게 뒤엉켜 있었다. 정말로 이삿짐을 싸서 다니는지 옷에 계절이 없었다. 겨울옷도 보이고 반팔도 있었다.

여자가 손을 부들부들 떨면서 뭔가를 찾기 시작했다. 책과 컵, 수건과 양말 따위를 바닥에 흩어 놓더니 한참을 뒤적였다. 찾는 게 없는지 털썩 주저앉아 그새 가빠진 숨을 몰아쉬었다. 멍하니 앉아 있던 여자가 물건들을 도로 캐리어에 집어넣기 시작했다. 옷장이 있는데도 꾸역꾸역 캐리어에 집어넣었다.

여자의 행동은 느리고, 느리고, 느려서 정확히 나무늘보를 연상시켰다. 눈도 잘 안 보이는지 물건을 가까이 대고 확인하고, 놓고, 확인하고. 몸은 금방이라도 쓰러질 듯 흔들리고, 손은 끊임없이 떨고……. 그것의 무한 반복이었다.

"도와드릴까요?"

결국 비취가 물었다.

"아저씨, 혹시 술 감춰 놓은 거 있어요?"

술 있느냐는 질문보다 아저씨라는 호칭이 비취에겐 더 충격적이었다.

"없어요."

"그럼, 담배라도 한 대 줘요."

술이나 담배가 없다는 말에 여자는 안절부절못하며 식은땀을 흘렸다. 그러더니 바닥에 흐트러진 캐리어의 내장 기관들을 수습도 안 하고 도로 침대에 널브러져 부들부들 떨기 시작했다. 급히 간호사실로 뛰어가려는데 마침 간호사가 약을 들고 들어왔다.

"미스 최, 정신 차려 봐요!"

간호사가 미스 최의 팔에 주사를 놓자 다행히 발작은 멈췄다.

"너무 놀라지 말아요. 정신 차리면 꽤 좋은 분이에요. 조류학 박사님이시래요."

캐리어 속을 꽤 많이 차지하고 있던 책. 그러고 보니 주로 새에 관련된 책이었다. 박사까지 하던 사람도 알코올 중독에 빠지는 건가.

놈도 술을 잘 마셨다. 비취를 찾아올 때마다 풍기던 그 구역질 나던 술 냄새가 아직도 비취의 코끝을 시큰거리게 했다. 밤늦게 보내오던 문자들이 비틀거리고 엉망일 때가 한두 번이 아니었다.

어쩌면 놈도 알코올 중독인지 모른다. 학교에서도 자주 술 냄새를 풍겼는데 가방에서 작은 물통을 꺼내 수시로 마시던 걸 생각해 보면 그 안에 담긴 것은 술 아니었을까. 복도에서 비취를 밀쳤을 때도 여러 번 술 냄새가 났다.

"이 새끼, 어제는 얼마나 퍼마신 거야?"

"발렌타인 서른 살짜리 두 병 자빠뜨렸다. 씹새야. 변 교수는 외국 출장 중이고 변호사 사모님은 늘 야근이라."

"그러다 들키면 어쩌려고 그러냐."

"우리 변 교수는 꿈에도 모를걸? 발렌타인도 모셔 놓을 줄만 알지 마실 줄은 몰라. 다 마시고 옥수수수염차 개가득 채워 놓아도 아무것도 몰라. 붕신같이."

"담엔 나도 불러 새끼야. 수염차 옆구리에 차고 갈게. 아니면 내 수염으로 끓여 넣든가. 낄낄.”

“개웃기네. 좆까. 병신아. 왜 저래?”

놈은 자주 엎드려 잤지만, 선생님들은 못 본 척했다. 어차피 수업이라는 것이 대학교를 목표에 둔 아이들에게만 필요한 것이므로 일찌감치 공부를 보내 준 학생들은 현명하게 숙면을 택했다. 놈의 집안은 대단했으니 진학에 실패해도 얼마든지 다른 길이 준비되어 있을 터였다.

저녁 식사가 끝난 후 별하는 또 사라졌고 비취는 혼자 병실로 돌아갔다. 병실이 어두워서 조심스럽게 불을 켰다가 소스라치게 놀랐다. 미스 최가 벽에 기댄 채 앉아 있었다. 불을 켰는데도 놀라는 기색 없이 반대쪽 벽의 창문만 바라보고 있었다.

“뭐 하세요?”

“영화 봐.”

미스 최가 느릿느릿 말했다. 비취가 지나가는 아저씨가 아닌 건 알아챈 것 같았지만 영화라니? 벽에는 창문 외엔 아무것도 없었고 이 방에 텔레비전은 애초부터 존재하지 않았다.

“무슨 영화를 본다고 그러세요?”

“저어기. 지금 나오고 있잖아. 안 보여? 지옥의 묵시록.”

여전히 조금씩 떨리는 팔을 들어 창문을 가리켰다. 쇠로 된 창틀과 유리 창문의 역할에 충실한 것들뿐이다. 비취는 다시 간호사실로 뛰어가 ‘제 방에 진짜 미친 사람이 있어요!’라고 말하고 싶은 충동을 간신히 참았다.

“창문이에요. 영화 같은 건 안 해요.”

창문 앞으로 가서 손으로 두드리며 딱 잘라 말했다.

“안 보이잖아. 저리 비켜.”

비취는 더 이상 할 말을 잃었다. 얼른 침대에 누워 이불을 뒤집어썼다.

“리모컨 좀 찾아 줘.”

미스 최의 낮은 목소리가 들렸다. 고개를 빼고 보니 뭔가 더듬거리며 찾고 있었다.

“영화 끝났어. 다른 거 봐야 해.”

“리모컨 없어요.”

그러자 미스 최는 자리에서 일어나 여전히 불안하고 느린 걸음으로 창문 앞으로 가더니 창틀을 더듬거리기 시작했다.

“채널 돌리는 곳이 어딘지 아, 안 보이는데……. 제발, 채
널 좀 돌려 줘.”

비취는 자리에서 일어나 앉았다. 손으로 리모컨을 쥔 시
늉을 하며 물었다.

“어떤 채널로 돌려드릴까요?”

“다큐멘터리 채널. 곧 철새에 관한 다큐를 할 시간이야.”

미스 최가 반가운 얼굴로 냉큼 대답했다. 비취는 리모컨
을 몇 번 누르는 시늉을 하며 채널을 찾기 시작했다.

“여기는 요리, 여긴 뉴스 채널이고……. 아, 여기! 이 채
널 맞아요? 새 나오는데…….”

비취는 함께 미쳐 보기로 했다. 여기는 정신 병원이니까.

“거기 맞아. 제대로 찾았구나.”

“저건 무슨 새예요?”

“물새들이잖아. 저건 왜가리야. 왜가리과에 속하는 새를
총칭해서 백로라고 하기도 해. 물고기나 가재, 개구리, 곤
충 같은 걸 먹어. 둥지는 나뭇가지를 쌓아 조잡하게 짓고
그곳에 청록색이나 백색의 알을 세 개에서 일곱 개 정도
낳지. 17일에서 28일 정도 알을 품고…….”

미스 최의 얼굴에 화색이 돌기 시작했다.

"저 새는 황새. 황새목은 부리, 목, 다리가 모두 길어. 암 수가 같은 색깔을 띠고 날개의 폭은……."

불쑥 일어난 미스 최는 양팔을 새처럼 벌리고 훨훨 나는 흉내를 내기 시작했다. 새 춤은 오래가지 못했고 균형을 잃은 미스 최는 침대에 주저앉았다.

"아, 알겠어요."

비취는 병실에서 나가고 싶었지만 이미 타이밍을 놓쳤다. 엉거주춤하는 사이에 완전히 붙잡혀 미스 최의 설명을 한참 동안 들어 줘야 했다.

얼마쯤 지나자 미스 최는 쓰러져 스르르 잠이 들었다. 비취는 물끄러미 미스 최를 바라보다가 침대에 조용히 누웠다. 미스 최가 마신 술의 강 위로 새들이 떠다니는 모습을 상상해 보다가 살풋 잠이 들었다.

수선스러운 소리에 비취는 눈을 떴다. 별하였다. 덕분에 잠은 완전히 달아났다. 별하는 조심스러운 기색도 없이 취침등을 켜고 앉아 비스킷을 아작아자 소리 내머 씹었다. 싱대가 조심스럽지 않으니 비취도 배려 없이 뚫어지게 별하를 쳐다봤다.

짧은 커트 머리, 그것도 남자아이들이 주로 하는 짧은 스포츠머리였다. 거기에 이곳에서는 전혀 어울리지 않을 반짝거리는 동그란 눈과 작은 코와 쉴 새 없이 떠들어 대는 입을 가진 보이시(boyish)한 여학생.

"어? 깼어? 나 때문에 깬 건 아니지? 하나 먹을래?"

비취는 별하의 수다가 또다시 시작될까 봐 얼른 돌아누웠다.

"다행이다. 이거밖에 없어서 고민했는데."

돌아누운 보람도 없이 별하의 수다는 계속됐다. 반려자가 어쩌고 하는 말은 정말 너무 터무니없어서 대답하기도 싫었다. 별하는 비취의 시큰둥한 반응에도 전혀 개의치 않았다. 백만 스물하나, 백만 스물둘을 외치는 건전지처럼 별하는 밤새 시끄럽게 반짝거렸다.

별하

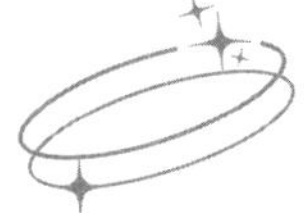

별하의 지구인 부모는 '별처럼 높은 곳에서 빛나는 사람'이라는 뜻의 순우리말로 '별하'라는 이름을 지었다고 했다. 하지만 별하가 생각하는 이름은 달랐다. 동사로서의 '별하다(夠하다)'는 '보통의 것과 이상스럽게 다르다'라는 뜻이었고, 별하는 동사로서의 별하다가 훨씬 마음에 들었다.

별하는 자신이 보통의 지구인들과 같지 않다는 것을 일찍부터 깨닫고 있었다.

별하가 은하계를 떠돌다가 지구별에 찾아든 것은 3월 21일. 아주 의미심장한 날짜였다. 셋, 둘, 하나, 땅! 지구를 향해 발사된 별하는 준비된 사람이었다. 별하가 지구별에 들어

온 것은 어쩔 수 없는 선택이었던 반면에 지구별로서는 별하의 방문이 엄청난 행운이었던 셈이다. 하지만 별하가 지구별의 어두운 앞날에 한줄기 빛이 되리라는 걸 미개한 지구인들은 깨닫지 못하고 있는 듯했다. 일단 바티칸의 교황과 사제들은 별하의 존재를 부정하고 있다. 예수보다 막강한 존재가 있다는 사실을 그들은 인정하기 싫은 것이다.

별하는 반려자의 파편들을 찾으러 왔다. 반려자가 우주의 검은 기운에 의해 여러 조각으로 산산이 부서지던 날을 별하는 지금도 생생히 기억하고 있다.

"우리는 태초부터 존재했어. 아무도 알지 못하는 은하계 저편에서 각자 침묵하고 있었지. 어느 날 반려자가 깨어나면서 나를 불렀어. 반려자가 보내는 텔레파시를 찾아 떠나려고 하자 우리의 결합을 두려워하는 자들이 반려자를 부숴 버렸어. 처참하게 조각난 파편들이 우주를 떠다녔지. 나는 은하계의 온 행성들을 뒤지며 파편들을 찾아다녔어. 그리고 마침내 파편들이 지구별의 대기권에 흡수됐다는 걸 알게 됐어."

멍청하고 야만적인 지구별 부모에 의해 '더 하얀'에 감금된 후, 별하는 미래와 효정에게 자신의 비밀을 털어놨다.

"난 곧 지구별 곳곳에서 파편들을 찾아냈지만, 아직도

남은 파편들이 많아. 지금도 반려자는 날 애타게 기다리고 있어. 파편들을 찾아 완전한 결합을 완성할 날 말이야.”

“지구 곳곳? 어디 어디에 갔었는데?”

미래와 효정은 비교적 진지하게 별하의 이야기를 들어주었다.

“아메리카, 아프리카, 동남아 등등. 태평양 한가운데에서도 찾은 적이 있어. 몸을 움직이지 않아도 나는 반려자를 텔레파시로 찾아낼 수 있어. 그다음엔 전파를 이용해 파편들을 불러들이지.”

“파편들은 어떻게 생겼어?”

“주로 지구인의 모습을 한 채 숨어 있지만, 동물이나 식물로 위장하기도 하지. 파편들은 모두 각각의 감정 세포를 형성하고 있어. 기쁨, 행복, 분노, 슬픔, 시기, 모멸, 후회, 외로움 따위들 말이야.”

“우아!”

미래와 효정은 탄성을 질렀다. 별하는 기분이 좋았다. 별하의 이야기에 이렇게 탄성을 지르는 지구인을 이곳에 들어와서 처음 만났다. 사악한 지구인들이 슬기로운 인간들만을 골라 모조리 정신 병원에 잡아넣으려는 음모를 꾸미고 있다는 사실을 별하는 입원한 지 얼마 되지 않아 눈치 챘다.

"찾아낸 파편들은 어떻게 했어?"

"내 몸 안에 있어. 검은 무리들이 절대로 찾아낼 수 없게 하려고."

"남은 파편들은 지금 어디에 있는데? 혹시 여기에도 있어?"

"아마도?"

별하는 이 슬기로운 지구인들에게 자신의 정체를 아낌 없이 보여 줬다.

"반려자를 실제로 본 적은 있어?"

"나도 아직 얼굴은 못 봤지만 느낄 수는 있어. 그녀는 아 주, 예뻐."

"그녀? 반려자가 여자야?"

미래가 눈을 동그랗게 뜨고 물었다.

"질문이 미개해. 성적 지향이란 단순히 여성과 남성 간 의 신체적 결합만을 뜻하는 것은 아니야. 개인이 타인에 게 가지는 감정적, 정서적인 끌림을 말하기도 해. 좀 더 구 체적으로 말하면, 우주적 파장의 끌림에 의한 운명적인 교 감? 그런 거야, 반려자와 나와의 관계는……."

"그럼 혹시, 나도 파편 아닐까?"

미래가 깔깔거리며 웃었다.

"유감스럽지만 너는 아니야. 반려자의 파장이 느껴지지 않아."

"아쉽다."

미래가 어깨를 내려뜨렸다.

"반려자와 지구를 어떻게 구할 셈이니?"

효정이 빨간 틴트로 떡칠한 입술을 혀로 핥으며 물었다.

"극비라서 말할 수 없어. 내가 움직이면 지구가 들썩일 어마어마한 일들이 벌어질 거야. 코비드19가 발생할 거라고는 나도 예상하지 못했던 터라 때를 기다리고 있어. 이런 강력한 바이러스는 우주를 통틀어 처음이야. 아무래도 그들이 내가 지구별에 온 걸 알고 의도적으로 퍼뜨린 것 같아. 관망하면서 상황을 파악하는 중이지."

별하의 이야기가 계속될수록 미래와 효정의 표정은 조금씩 지쳐 갔다.

"걱정하지 마. 곧 방법을 찾게 될 거니까. 나만 믿어."

별하는 가슴을 탕탕 치며 미래와 효정을 안심시켰다. 둘은 곧 고개를 끄덕이며 웃었다. 별하는 까맣게 몰랐다. 미래와 효정이 슬기로운 병동 생활을 위해 조현병에 걸린 친구를 이해하려고 얼마나 애쓰고 있는지 말이다.

별하가 가장 후회하는 것은 자신의 비범함을 너무 일찍 드러내 버렸다는 것이었다. 사실 완벽하게 감춘다는 것은 불가능한 일이었지만 그래도 좀 더 신중했어야 했다.

별하는 어릴 적부터 남다른 재능으로 주목을 받았다. 어리석은 지구인들에 비해 자신의 능력은 감히 지구인들이 따라갈 수 없는 수준이라는 걸 간과한 것이다. 별하는 공부는 물론 예체능 분야까지 너무 탁월했다.

영재, 천재 소리를 듣고 자란 별하에게 부모가 거는 기대는 높았다. 많은 선생님을 붙이며 욕심을 부렸다. 부모의 기대에 부응하여 검사, 판사가 돼 주는 것쯤은 일도 아니었지만 별하의 영혼은 전혀 다른 곳을 떠돌고 있었다.

음악은 별하의 영혼을 흔들기에 충분했다. 반려자를 찾아야 한다는 사실을 깨닫게 된 것도 음악 덕분이었다. 지구별에 도착해 인간의 몸을 빌려 태어나는 과정에서 잊어 버린 반려자의 전파를 음악을 통해 기억해 낸 것이다.

별하는 음악을 하고 싶었다. 아니, 마땅히 해야만 하는 일이었다. 하지만 무지한 지구인 부모는 이해하려 들지 않았다. 기타를 부수고 작곡 노트를 찢었다. 아버지라는 자는 별하의 머리카락을 밀어 버리는 만행도 서슴지 않았다.

별하는 모의고사를 보는 중에 반려자가 보내는 다급한 텔레파시를 받았다. 온몸을 뒤흔드는 강렬한 전파에 별하는 부르르 봄을 떨었다. 시험지의 글자들이 춤을 추기 시작했다. 빠른 비트의 음악이 머리부터 발끝까지 관통했다. 별하는 일어나서 노래를 부르고 춤을 추었다. 반려자의 텔레파시에 응답하기 위한 일종의 의식이었다.

별하는 그날 이후 등교를 거부했다. 하찮은 지구의 학교에 낭비할 시간이 없었다. 반려자를 찾아 떠나야 한다는 말에 아버지는 별하를 '더 하얀' 폐쇄 병동에 처넣어 버렸다.

"별하 학생, 전화예요."

간호사가 부르는 말에 별하는 짜증이 일었다. 엄마라는 여자는 툭하면 전화를 해 댔다. 받지 않겠다고 말했지만 지구인 여자는 끈질기게 기다렸다. 재촉하는 간호사 때문에 할 수 없이 간호사실로 향했다.

"별하야, 잠은 잘 잤니?"

지긋지긋하다. 별하는 눈쌀을 찌푸렸다. 자기가 어떤 짓을 하고 있는지도 모르는 무능하고 멍청한 여자.

"그럴 리가 있니? 니들이 여기에 날 잠 잘 자라고 처넣은 건 아니잖아."

"별하야, 제발……. 엄마를 봐서라도 그러지 마."

"아무리 여기에 가둬도 내 맘은 안 변해! 절대 학교로 안 돌아가. 그렇게 가고 싶으면 니들이나 가!"

"도대체 왜 그러니 별하야. 다 널 위해서 그러는 거야."

지구인 엄마가 흐느끼기 시작했다.

"웃기시네. 그건 니들이 원하는 거지 날 위하는 게 아니잖아. 대학 같은 데나 가려고 이 구질구질한 별에 온 게 아니라고 몇 번이나 말해!"

"아빠 말대로 학교에만 다니자. 대학만 가면 그 뒤론 뭘 하든 간섭하지 않을게."

"닥쳐! 너도 아빠 새끼랑 똑같아!"

별하는 수화기를 내던지고 괴성을 질렀다.

"다 죽여 버릴 거야. 난 나가야 한다고! 빨리 이곳에서 꺼내 달란 말이야!"

보호사가 별하를 향해 뛰어왔다. 격리실 침대에서 안정

제를 맞으며 별하는 반려자의 울음소리를 들었다.

깊은 우울이 온몸을 짓누르는 하데스의 시기가 시작됐다. 별하의 몸을 드나드는 두 개의 인격, 우주를 유영하는 낭만 자객 별하와 죽음의 신 하데스에 빙의된 별하 중에서 지금은 하데스의 별하가 지배하는 시기다.

하데스의 시기엔 모든 것이 어둡고 음산해진다. 무력감과 함께 가끔은 자신도 반려자처럼 산산조각이 나는 고통을 느끼기도 했다. 그럴 땐 반려자와 함께 울었다. 그것만이 별하가 유일하게 할 수 있는 일이었다.

기적처럼 별하는 병동 안에서 새로운 우주를 발견해 냈다. 병동에는 활동 센터가 있었다. 탁구대와 헬스 기구가 제일 먼저 눈에 띄었지만 그곳에는 음악 감상실과 노래방도 있었다. 그걸 지구인 부모는 모르는 듯했다. 별하는 음악 감상실을 발견한 순간 환호성을 질렀다. 오디오와 커다란 스피커, 그 옆에 반갑게도 턴테이블과 LP판이 빽빽하게 꽂혀 있었다. 헤드폰을 쓰며 별하는 콧노래를 불렀다. 턴테이블과 헤드폰은 우주의 공명을 헤아리기에 아주 좋았다.

"음악은 우주의 어떤 행성의 언어와도 소통할 수 있는

공통 주파수야. 음악이 있다는 건 신이 인간에게 허락한 가장 큰 축복이고! 왓 어 뷰디풀 데이!(What a beautiful day!) 생명을 가진 모든 이들에게 축복이 있으라. 음악은 우주의 그 광활한 공간을 빛보다 더 빠른 속도로 날아가서 생존하는 모든 유기체에게 파장을 전해 주지.”

별하는 음악을 유영하는 낭만자객이 되어 그동안 굶주렸던 음악을 찾아 만끽했다. 흡수한 반려자의 파편들이 기뻐 날뛰었다.

노래방은 지친 별하에게 우주의 신이 내려 준 선물이었다. 별하가 여기에 온 건 계획된 운명일지도 몰랐다. 이미 별하는 산책로에서 나무의 모습으로 위장하고 있는 파편을 발견하기도 했다. 머지않아 아주 중요한 파편을 만나게 되리라는 것을 예감했다. 어쩌면 이번 파편이 반려자를 완성하는 마지막 파편이 될지도 모른다는 생각에 별하는 짜릿한 전율을 느꼈다.

어서, 나에게 오라. 운명의 반려자.

비취를 처음 본 건 간호사실 앞이었다. 반려자를 향해서 날마다 애타게 텔레파시를 보내고 있던 별하 앞에 그녀가 나타난 것이다.

그녀가 라운지로 들어섰을 때, 별하는 한눈에 알아봤다. 그토록 기다리던 반려자의 마지막 파편이란 걸 말이다. 그녀 주위로 누구에게서도 느껴지지 않았던 파장이 일었다. 찌르르. 스파크가 일며 별하의 가슴이 뛰었다.

그녀는 격리를 막 끝낸 후 두려운 표정을 드러내지 않으려고 애쓰는 모습이었다. 별하는 비취가 어느 병실로 들어가는지 살폈다. 102호실 문을 여는 걸 발견한 순간, 환호성을 질렀다.

별하는 심호흡을 하고 병실 문을 열었다. 그녀는 시크한 성격이어서 별하가 묻는 말에 순순하게 답하지 않았다. 아직 태초의 기억을 찾지 못한 듯했다. 하지만 그건 중요하지 않다. 별하가 알아봤으니, 이제 그 위대한 존재성을 일깨워 주기만 하면 되는 것이다.

별하는 비취의 삶이 어땠을지 짐작할 수 있었다. 고난은 우리처럼 위대한 존재들이 어쩔 수 없이 감당해야 하는 일이다. 그녀도 곧 자신이 위대한 존재임을 깨닫고 반려자인 별하를 기억해 낼 것이다. 주체할 수 없는 기쁨으로 별하는 자신의 작은 우주인 노래방으로 뛰어갔다.

목소리

어쩔 수 없이 받아먹기 시작한 약은 비취를 계속 몽롱하게 만들었다. 잠이 오는 것도 아니고 맑은 것도 아닌 가수면 상태가 이어졌다. 입안에 침이 말라 자꾸 물을 마셔야 했다. 찬 바람이라도 쐬면 나을까 싶어서 비취는 산책로로 갔다.

10월, 바람이 선선해서 약 기운이 조금 가시는 듯했다. 병원을 덮은 담쟁이 잎들이 서서히 말라 가는 중이었다. 낙엽들이 우수수 떨어지며 곧 스산해질 풍경을 준비하고 있었다.

105호 여자가 베개를 안고 산책로에 들어섰다. 언제 감았는지 모를 떡 진 머리에 늘어진 윗옷과 수면 바지를 질질 끌고 걸어오는 여자. 여자는 베개를 안고 걷다가도 문득 걸음을 멈추고 이야기를 나눴다. 아무도 없는 허공에 대고 삿대질을 하다가 갑자기 낄낄거리기도 하는, 도대체 누구와 이야기를 나누는 걸까. 나처럼 목소리가 들리는 걸까. 두려움이 밀려왔다. 언젠가는 자신도 여자처럼 베개를 안고 돌아다니게 될지도 모른다는 생각이 드는 순간 비취는 주변의 마른 담쟁이넝쿨이 줄기를 뻗어 온몸을 칭칭 옥죄어 오는 것을 느꼈다. 105호 여자가 다가오자 비취는 얼른 산책로를 나와 휴게실로 들어갔다.

"산책했어요? 바람이 상쾌하죠?"

두리번거리던 간호사가 비취를 보자 반갑게 인사를 건넸다. 병실을 오래 비우면 간호사들이 찾아다녔다. 걱정이 아니라 감시라는 걸 들키지 않으려고 애쓰는 것 같았지만 아직 비취는 꽃을 꽂을 정도는 아니어서 그런 걸 눈치챌 정도는 됐다.

"별하, 좀 엉뚱하죠? 별하 얘기는 은근 설득력이 있어서 자꾸 들으면 믿어져요."

휴게실에선 만난 미래가 말했다. 미래는 뭔가 빼곡한 글씨가 적힌 종이를 비취에게 내밀었다.

“리스트 살펴보고 간식 주문하세요. 이따 간식 시간 있어요. 하루에 3천 원 안에서 뭐든 살 수 있어요.”

리스트에 적힌 것들은 주로 과자와 음료수였지만 문구류와 간단한 생필품도 있었다. 입원할 때 보호자는 얼마간의 용돈을 지정된 계좌에 입금해 줄 수 있었다. 그 용돈으로 환자는 하루 3천 원의 사치를 누릴 수 있는 거였다.

“난 됐어.”

3천 원어치 사치에 골몰할 만큼 여유로운 마음이 아니었다.

“그럼 부탁인데 캔 커피 하나만 주문해 주시면 안 돼요? 난 이미 3천 원을 넘어 버려서요. 다음에 내가 언니 뭐 사 줄게요.”

미래가 간호사의 눈치를 보며 비취에게 속삭였다.

“그냥 내가 사 줄게.”

고래밥과 초코 우유, 쿠키. 미래의 주문 목록 뒤에 비취도 캔 커피를 적었다. 미래는 병원 식당 밥 대신 고래밥을 먹는다고 했다.

간식 시간이 되자 간호사가 커다란 카트를 밀고 들어왔다. 과자와 음료수, 여러 가지 것들이 산더미처럼 쌓여 있었다. 사람들이 유령처럼 나타나 각자 주문한 것들을 받아 들고 병실로 들어가거나 휴게실로 모였다. 효정과 미래도 양손에 과자를 들고 둥근 탁자에 앉았다. 별하는 어제도 밤 새 부스럭거리더니 낮잠을 자는 중이었다.

갖가지 과자들이 탁자 위에 올려졌다. 사투리 할머니가 머뭇거리고 있는 비취를 불렀다.

"아가, 이리 와서 앉그라. 들어가 봐야 답답헌 병실에 뭐가 있다고 그러냐. 이거 같이 노나 묵께 이리 와."

별수 없이 탁자에 앉았다. 어른이나 아이나 할 것 없이 아작아작 맛있게 간식을 먹기 시작했다. 전혀 먹고 싶지 않았는데 막상 앉으니 손이 갔다. 다른 사람들 과자를 집어먹자니 비취는 좀 미안해져서 과자 한 봉지라도 주문할 걸 싶었다.

"밖에선 손도 안 대는 것들인디 참 희한혀. 묵잘 것도 없는 이런 것들이 여기선 요로케 맛나. 이 시간이라도 없으면 뭔 재미로 살까 싶당께."

"그러게 말이네. 나가면 손주들 과자도 뺏어 먹지 않을까 싶구면."

무표정하던 사람들의 얼굴에 표정이 생겼다.

‘캔 커피 뚜껑만 주세요.’

비취가 미래 앞으로 캔 커피를 밀었더니 도로 비취 앞으로 밀면서 미래가 입술만 벙긋벙긋 속삭였다. 커피가 아닌 뚜껑만 달라는 말에 의아했다.

“뭐 하려고?”

“반지 만들려고요.”

미래가 샐쭉 웃으며 말했다. 픽 웃음이 나왔다. 캔 커피를 따서 뚜껑만 테이블 밑으로 건네고 마시고 싶지 않은 커피를 마셨다.

아무것도 하지 않은 채 또 하루가 지나갔다. 무료하게 여기저기를 걷다가 라운지에서 미래를 발견했다. 조그만 미래는 어깨를 오그린 채 더 조그맣게 앉아 있었다. 간호사가 옆에서 부산하게 움직이다가 비취를 발견하고는 다급하게 손짓을 했다.

“혹시 어제 캔 커피 마시고 뚜껑 어떻게 했어요?”

간호사가 비취에게 다그치듯 물었다.

“네?”

뭐라고 대답해야 할지 몰라서 미래를 쳐다봤다.

"아니라고 했잖아요."

붉게 충혈된 눈으로 미래가 소리쳤다. 미래의 목에는 하얀 붕대가 감겨 있었다. 무슨 상황인지 이해가 되지 않아서 망설이자 간호사가 캔을 따고 난 커피 뚜껑을 보여주며 물었다.

"이거 미래 학생에게 줬어요?"

"네……."

"그럴 줄 알았어. 어제 주문 목록에 캔은 비취 학생밖에 없었으니까. 미리 주의를 줬어야 하는데……. 앞으로 다른 환자들 대신 주문하거나 하면 안 돼요. 그리고 특히 미래 학생에게 이런 날카로운 거 주면 절대 안 돼요. 이것 좀 봐요. 팔뚝이 다 이 모양인데 어제는 이걸로 목을 그었어요."

납작하게 눌린 캔 커피 뚜껑. 그것이 칼날이 될 수도 있다는 것을 단 한 번도 생각해 본 적이 없었다.

긴 팔 옷소매를 걷어낸 미래의 팔목엔 수없이 난도질한 흉터가 고스란히 남아 있었다. 악마가 날카로운 이빨로 씹었다가 뱉어 놓은 것 같은, 팔목부터 어깨까지 흉측하게 꿈틀거리는 자해 흉터. 거의 멀쩡한 피부를 찾아낼 수 없을 지경으로 울퉁불퉁하고 벌겠다.

독한 년! 내 팔을 긁은 것도 모자라서 이젠 다른 사람 팔도 긁게 부추겼군.

놈의 목소리가 들려온 건 그때였다. 지옥에서 올라온 듯 낮고 음산한 놈의 목소리가 귓바퀴를 타고 흘렀다.

"그만해!"

양쪽 귀를 사정없이 때리며 비취는 털썩 주저앉았다. 간호사가 급하게 보호사를 부르는 사이에도 목소리는 멈추지 않았다.

지금이라도 가! 어서 여길 나가서 좀 더 큰 칼로, 좀 더 예리한 걸로, 깊이깊이 놈의 동맥을 끊어야지!

"그만해!"

울부짖으며 바닥에 뒹구는 비취를 남자 보호사들이 달려와 붙들었다.

"나가야 해요. 나가서 그 자식을 만나야 해요. 제발 날 여기서 내보내 줘요!"

네 손목을 끊어 놓는 건 어때?

저 애처럼 용기를 내라고!

환자들이 몰려와 비취를 에워쌌다.

"참 구질구질하게도 생겼네."

"이 냄새는 뭐야? 더러워라, 퉤!"

그들은 비취에게 손가락질하고 코를 막았다. 누군가 뱉은 침이 얼굴에 들러붙었다.

소리를 질렀다. 미친 듯이. 진짜 미친년처럼. 날뛰는 물소처럼. 으아아악! 으아악! 보호사들이 비취를 붙들었고 처음 들어왔던 격리실로 데려갔다.

"한비취 학생, 진정제 놓습니다."

비취는 고흐처럼 잘라 버리고 싶었다. 저주받은 귀를.

격리실에서 나온 이후 바로 닥터 김과의 면담이 잡혔다.

"이번에도 목소리 때문이니?"

정신이 맑지 않았고 몹시 우울해서 아무 대답도 하고 싶지 않았다. 의자에 몸을 묻고 눈을 감았다. 닥터 김은 비취가 대답할 때까지 끈질기게 기다렸다. 저 젊은 의사는 참을성으로 면허를 땄는지도 모른다. 묻는 말에 순순히 대답해야 이 면담이 빨리 끝난다는 걸 닥터 김의 긴 침묵이 말해 줬다. 결국 비취는 입을 열었다.

"사실대로 말하면 약을 하나 빼 주실 건가요? 별로 효과 없는 것 같은데. 이번에는 환자들이 단체로 손가락질하며 침까지 뱉었어요."

"이제부턴 뇌의 거짓말을 역으로 이용해 보는 건 어떠니?"

닥터 김이 진지한 표정으로 말했다.

"뇌는 굉장한 영리하면서도 멍청한 사기꾼이야. 우울하다. 슬프다. 이런 부정적인 생각을 계속하면 뇌는 그 상황을 완전히 받아들여 더욱더 깊은 우울에 빠져들게 한단다. 반대로 억지로라도 '행복하다, 기쁘다'라고 생각하면서 소리 내어 웃고 크게 박수치면 뇌는 그 거짓말에 속아서 도파민을 만들어 내지."

"미친년에서 이제 사기꾼이 되라는 거네요."

"치료를 위해서라면……."

"미친년이 되든 사기꾼이 되든 시키는 대로 해 볼 테니

조건이 있어요.”

“들어는 보자.”

“엄마에게 나쁜 소식은 전하지 마세요.”

“좋아. 나도 조건이 있어. 치료에 적극적으로 협조해 주겠다는 약속을 하면 확실한 공범자가 돼 보겠다.”

닥터 김과 협상에 성공했다.

“난 비취 학생 편이라는 말에 속아 보는 것도 괜찮아.”

어울리지 않게 미소까지 짓는 닥터 김을 뒤로 하고 면담실을 나왔다.

갑자기 엄마가 보고 싶었다.

비취는 공중 전화기로 향했다. 입원한 후 아직 한 번도 엄마에게 전화를 건 적이 없었다. 간호사실로 걸려 온 엄마 전화도 목소리를 들으면 울음이 터져 버릴 것 같아서 받지 않았다. 전화 카드를 한 장 받아서 전화기 앞으로 갔다. 신호가 간 지 얼마 되지 않아 엄마 목소리가 들렸다.

“여보세요? 여보세요? 비취니?”

“응, 엄마.”

울음이 터지려고 해서 마른침을 삼켰다.

“몸은 어떻니? 생활하는 건 괜찮아? 밥은 먹을 만해? 잠은? 잘 자는 거야? 전화는 왜 안 받은 거니?”

다급한 질문들이 쏟아졌다. 몸은 별로 안 좋고, 생활은 괜찮지 않고, 밥은 건성으로 먹고, 수면제가 아니면 잠들 수 없다는 말을 한 마디로 요약했다.

“좋아. 걱정하지 마, 애자 씨.”

“격리실에 들어갔다 나왔다며. 정말 괜찮은 거야?”

“별일 아니야. 그냥…… 약간 그랬어. 괜찮아.”

눈물은 비취만 참고 있는 게 아니다. 엄마도 울음을 참느라 애쓰고 있다는 게 느껴졌다.

“엄마가 사방으로 알아보고 있어. 절대 그 녀석 가만 안 둘 거야. 너를 이렇게 만든 놈. 엄마가 꼭 혼내 줄게.”

“괜히 힘 빼지 말고 엄마는 엄마한테나 신경 써. 나 없다고 밥도 안 먹고, 혼자 술 마시고 그러지 말고.”

“내가 그놈에 대해서 뭘 좀 알아냈어. 비취야.”

엄마가 갑자기 목소리를 낮춰서 속삭였다.

“무슨 말이야? 뭘 알아내?”

“좀 더 알아 보고 확실해지면 얘기해 줄게.”

“도대체 뭘 하고 다니는 건데!”

"너는 건강해지는 데만 집중해. 엄마가 다 알아서 할게. 손님 왔다. 그만 끊어야겠다."

"어, 엄마!"

비취는 잠시 아득해졌다. 엄마는 도대체 무슨 일을 벌이고 있는 걸까.

몸은 나른하고 무기력한데 엄마…… 놈…… 엄마…… 놈…… 머릿속은 환풍기 날개처럼 계속 돌아갔다. 병실로 들어가다 막 나가려던 별하와 마주쳤다.

"어? 돌아왔네. 무사귀환을 축하!"

별하가 호들갑스럽게 인사를 건넸다. 나가려던 별하는 다시 병실로 들어오더니 비취 침대 옆에 자리를 잡았다. 미스 최는 잠자는 숲속의 알코올 공주가 된 듯 끝없이 자는 중이었다.

"꼰대 의사가 뭐라고 해? 그 답답한 꼰대는 자기가 무슨 짓을 하는지도 모르고 있어. 내가 이곳에서 지체할 시간이 없다고 아무리 어필을 해도 까딱도 안 해. 병원비 결제하는 사람 의견만 중요한 거야. 내가 지구를 위해 얼마나 막중한 임무를 띠고 왔는지도 모르고. 하, 정말 지구별은 온통 한심한 인간들 뿐이야."

이 한심한 병원조차 탈출하지 못하면서 어떻게 지구를 구할 건지 물을까 하다가 그만두었다. 지구를 누가 구하건 내 코가 석 자였다.

"태초에 모든 생명을 잉태하여 번식한 것은 여인이야. 남자는 오로지 여인들에게 복종하기 위해 태어난 종들인데 무지한 그들이 힘으로 이 세계를 억압하고 있어. 난 내 반려자와 함께 어리석고 미개한 자들을 멸하기 위해 왔어."

'부디 그렇게 해 줘. 어리석고 미개하고 야비한 그놈도 포획해서 제발 내 발밑에 떨어뜨리고 가 줘.'

비취는 떠들어 대는 별하를 바라보며 생각했다.

"아직도 뭔가 떠오르는 게 없어? 우주의 모습이라든가, 기억의 조각 같은 것들 말이야."

별하는 또다시 엉뚱한 질문을 했다.

"아무래도 반려자와 통신할 수 있는 방법을 찾아봐야겠어. 음악실에 있는 라디오 주파수를 이용하면 방법이 있을지도 몰라."

역시 답을 기다리지 않고 별하는 후다닥 사라졌다. 별하는 무겁고 조용한 병동의 공기를 거품기로 저어서 휘리릭

가볍게 만드는 재주를 가졌다.

‘행복하다. 행복하다. 난 지금 무척 행복하다.’

닥터 김의 처방대로 비춰는 뇌를 속이기 위해 거짓말을 시작했다. 별로 효과는 없었지만, 최소한 기분이 더 나빠지지는 않았다.

별하가 나가고 얼마 뒤, 노크 소리가 들렸다.

문이 열리고 뜻밖에 목에 하얀 붕대를 감은 미래가 들어왔다.

미래

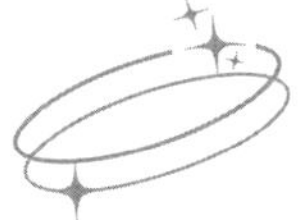

미래는 외할머니 손에서 자랐다. 미래의 엄마는 고등학생이었을 때 미혼모가 됐다. 아빠로 의심되는 남자는 있었다. 그런데 너무 많았던 것이 문제였다. 당연하게도 모두 자신이 아빠로 지목되기를 거부했고, 사실 특정한 사람을 지정하는 것도 힘들었다. 결국 외할머니가 미래를 떠맡았다.

"나와 네 애미의 미래는 네가 조졌으니 네 미래는 네가 책임져라."

신생아의 이름을 지으라고 했을 때 외할머니는 한글로 '박미래'라고 적었다. 미래의 이름이 미래가 된 것은 경기도 모처의 '미래 산부인과'에서 세 사람의 미래를 조져 버린 대가였다.

미래의 엄마와 외할머니는 툭하면 미래 앞에서 싸웠다.

"뼈 빠지게 키워 놨더니 어디서 근본도 모르는 애를 낳아서!"

"뼈 때리는 욕으로 키웠겠지!"

"저 문둥이들! 내가 전생에 무슨 죄를 지어서!"

미래는 어렸을 때부터 혼자라는 걸 명심하며 살았다. 외할머니도 엄마도 모두 미래 편이 아니란 걸 자주 깨우쳐 주었기 때문이다.

"아무도 믿지 마. 특히 남자들은 절대 믿지 마."

어느 해 미래가 초등학교 입학을 하루 앞두던 날, 엄마는 그렇게 믿지 말라던 남자의 팔짱을 끼고 미래 곁을 완전히 떠났다.

미래를 떠맡게 된 외할머니는 자신의 딸과 손녀를 거침없이 저주했다.

"원수 놈의 문둥이!"

어린 미래는 먼 훗날, 외할머니가 자신을 향해 칭하던 문둥이가 무슨 뜻인지 알고는 소스라치게 놀랐다. 온몸이 곪고 썩어서 손가락과 발가락까지 떨어져 나간 나병 환자의 사진은 너무 충격적이었다.

미래가 첫 임신을 경험한 건 중학생 때였다. 그래도 다행히 애 아빠는 한 명이었고 누군지 바로 알 수 있었다. 외할머니 식당에 채소를 배달하던 총각이었다.

"당근이 아주 달고 맛있어서 당근이 아니라 사과 같아. 너처럼 예쁘기도 예쁘지."

오빠가 내민 길쭉한 당근을 아작거리며 씹다가 미래는 그만 사랑을 느꼈다. 그동안 숱하게 맞아 온 채찍으로 인해 외로웠던 미래에게 고작 당근 하나가 너무 달았다. 사랑에 빠져 버린 미래는 너무나 쉽게 당근 오빠의 품에 안기고 말았다.

자꾸 헛구역질을 해 대는 미래가 수상쩍었던 외할머니는 미래를 다그쳤다.

"염병할 이년의 팔자는 어쩌면 이렇게 지지리도 복이 터졌을까. 혹이 혹을 달고, 혹이 또 혹을 달고, 주렁주렁."

할머니는 곧 당근 오빠를 불러들였다. 미래를 책임지라고 멱살을 잡고 몇 번 흔들자, 오빠는 그날 밤 바로 줄행랑을 놨다.

미래는 피를 흘리며 쓰러졌다. 유산이었다. 칼로 팔을 긋기 시작한 건 그때부터였다.

오래전부터 미래에겐 은밀한 버릇이 있었다. 미래는 초등학교 시절부터 불안해지면 컴퍼스나 송곳, 옷핀 같은 날카로운 것으로 손을 찌르곤 했다. 그러면 찌릿찌릿한 느낌이 들면서 기분이 좋아졌다. 외할머니의 저주와 함께 자란 미래의 손은 여기저기 찔린 흔적으로 늘 딱지가 앉아 있었다. 하지만 임신을 하고 유산까지 경험한 후로는 아무리 손을 찔러도 불안함이 가시지 않았다.

어느 날 학교도 가지 않고 집에 틀어박혀 있던 미래는 갑자기 사무치는 외로움에 눈물을 흘렸다. 한번 흐르기 시작한 눈물은 쉽게 멈추지 않았다.

미래를 버리고 떠난 엄마도, 존재를 알 수 없는 아빠도, 무서운 외할머니도, 도망간 당근 오빠도, 마음을 털어놓을 친구 하나도 없는 자신의 처지가 너무나 서글펐다. 주체할 수 없는 절망에 사로잡힌 순간 미래의 눈에 칼이 보였다. 앞뒤 생각할 겨를도 없이 미래는 칼을 쥐었다. 쓰윽. 자신의 팔을 그었다. 신기했다. 전혀 통증이 느껴지지 않았다. 아프기는커녕 팔목에서 피가 흐르는 걸 보니 해방감이 느

꺼지기까지 했다. 쾌감으로 온몸이 찌릿했다. 문둥이라니. 내 팔은 아직 썩지 않았는데 하는 안도감이 밀려왔다.

미래는 피를 닦아 내고 아무 일도 없었다는 듯 멀쩡하게 책상에 앉아 게임을 했다. 그날 이후 미래는 시도 때도 없이 칼을 들었다. 마음이 정말 아플 때는 심장에 한 적도 있었다. 심장이 썩지 않았는지 확인하고 싶었다. 그런 짓을 하는 동안엔 모든 고민이 사라졌다.

하지만 모든 게 끝나고 나면 자괴감이 찾아왔고, 미래는 더욱 괴로워졌다. 깊어진 절망만큼 날이 갈수록 도구는 더욱 다양해져서 고대기로 팔을 지진 적도 있었다. 힘든 일이 생길 때뿐 아니라 나중엔 숙제처럼 자해했다. 더 세게, 더 짜릿한 걸 찾아서.

미래의 은밀한 숙제는 곧 외할머니에게 적발됐다. 너무 깊이 칼로 그어 버리는 바람에 지혈이 되지 않아 병원 응급실로 실려 간 것이다.

"가지가지 하는구나. 나를 말려 죽일 작정으로 태어난 거냐? 이 징글징글한 문둥아!"

외할머니는 미래를 가차 없이 정신 병원에 넣었다. 기초 생활 수급자였던 미래는 나라의 지원금 덕분에 무료로 입원할 수 있었다.

"다시는 돌아올 생각하지 마!"

드디어 외할머니는 혹을 떼어 내는 데 성공했다.

"비취 언니, 괜찮아요?"

미래는 자신 때문에 격리실에 들어간 비취에게 너무 미안했다.

"안 아프니?"

비취가 담담한 목소리로 물었다.

"한 번에 싹 그으면 하나도 안 아파요."

"팔이랑 목이 네 놀이터니? 놀이터 입장료를 나한테 받을 건 없잖아."

비취 표정이 굳어졌다.

"정말 미안해요, 언니."

"미안하면 다음엔 그러지 마."

"약속은 못 하지만 노력은 해 볼게요."

"너…… 정말."

비취가 어이없다는 듯 고개를 흔들었다.

"솔직해서 좋네. 하지 말란다고 쉽게 그만둬지면 이런

병원들은 다 망했겠지.”

비취 옆에서 죽은 듯 자고 있던 새 박사님이 부스스 일어나 앉으며 말했다.

“깜짝이야!”

미래는 놀라서 눈이 동그래졌다.

“이런 주제에 꼰대 소리를 하는 건 우습지만 아직 정신이 말랑말랑할 때 되돌려. 나이 먹어서 머리가 딱딱해지면 그게 점점 더 어려워져. 잠시 덜 힘들기 위해 한 짓이 결국 인생을 말아먹지. 나를 봐. 딱 한 잔만 더 마시다가 결국 내 인생을 통째로 마셔 버렸잖아.”

“나도 여러 번 끊으려고 노력했는데 갑자기 충동이 오면 아무 생각도 안 나요. 정신 차리고 보면 팔뚝에서 피가 흐르고 있고 그래요.”

미래는 붕대가 감긴 목을 문지르며 한숨을 쉬었다.

“근데 박사님은 왜 자꾸 술을 드세요? 간호사 언니가 박사님은 아는 것도 많고 예전에는 굉장했던 사람이라고 하던데요.”

“얼어 죽을 박사는 무슨. 미스 최라고 불러.”

미스 최는 시큰둥한 얼굴로 콧방귀를 뀌었다.

“새 쫓아다니는데 정신이 팔려서 밥 대신 술로 때우기를 몇 년 했더니 나중엔 밥이 안 들어가더라고. 이젠 술을 안 마시면 온 내장들이 들고 일어나. 몸이 달라고 아우성치면 마시고, 길에 쓰러지면 누군가 이리로 실어다 주고. 그 지경이 됐지.”

“이 병동 중독자 중엔 직업이 의사도 있고 변호사도 있대요. 나처럼 가난하고 힘든 사람만 중독에 빠지는 줄 알았는데 깜놀이었어요.”

미래가 처음 병동에 입원했을 때는 신부님도 있었다.

“그런 의미에서 중독은 만인 앞에서 공평한 거야.”

미스 최가 쓴웃음을 지으며 말했다.

“근데 캐리어는 왜 저렇게 큰 걸 끌고 다니세요?”

“중독 치유의 첫걸음은 자신이 중독자라는 걸 인정하는 거라는데 그런 점에서 난 깔끔하게 인정해. 하지만 치유를 위한 인정은 아니야.”

“그럼요?”

“중독이 무서운 건 중간이 없다는 거야. 끊던가 죽던가. 둘 중 하나지. 중독이 됐다는 건 이미 절제력을 잃은 건데 적당히 즐기며 살기는 불가능이라는 거지. 몇 번 시도는 해 봤지만 단주는 실패야. 그렇게 독하게 살아남아서 뭐 하나 싶어서 포기했지. 아쉬워할 인연도 많지 않고. 그저 새와 함께 떠돌다가 가는 것도 나쁘지 않을 것 같아서 가진 거 모두 정리하고 저 캐리어에 밀어 넣었어. 이렇게 돌아다니다 쓰러져 죽으면 저거 하나 태우면 끝나.”

“그렇게 말하시니까 무섭잖아요.”

미래가 울상을 지었다.

“그러니 너희들은 그러지 마. 남은 생이 너무 길잖아. 평생을 지옥 속에서 보낼 셈은 아니지?”

남은 생을 캐리어 하나에 담고 죽음을 기다리며 떠도는 자신의 모습을 떠올리자 미래는 슬퍼졌다.

“갈 데가 없어요. 외할머니도 나를 포기했고, 여기서 나가면 갈 데라고는 시설밖에 없어요. 난 저 캐리어 하나도 채울 게 없는걸요.”

“물론 환경이 중요하지. 하지만 누군가는 그래서 더 악착같이 이겨 내. 그게 네가 되지 말라는 법은 없어.”

미래는 아직 인생을 포기하고 싶진 않았다.

“잔소리가 길었구나. 대화에 끼어들어서 미안.”

미스 최는 하품을 길게 하고 벽을 향해 돌아누웠다. 비취

역시 침대에 누웠다.

"저 이만 가 볼게요. 고마워요, 언니들."

미래는 조용히 병실을 나왔다. 언니라고 부를 수 있는 사람이 생겨서 좋았다.

소원 팔찌

병동의 아침은 기상송으로 시작됐다.

"운동 시간입니다!"

경쾌한 음악이 울려 퍼지면 간호사들이 병실을 돌아다니며 환자들을 불러냈다.

닥터 김과의 협상을 지키기 위해 비취도 아침 운동에 참여하는 중이었다. 억지로라도 따라 하고 나면 땀도 나고 식욕이 돋기도 해서 나쁘지 않았다.

한 번의 발작이 지나간 후, 목소리는 다시 잠잠해졌다. 새로운 알약이 몇 개 더 추가됐고 머리는 안개 속을 헤매는 것처럼 흐릿하다. 그래도 목소리를 듣지 않아도 된다는 것으로 참을 만했다.

폐쇄 병동의 교육 프로그램은 단순했다. 요일별로 음악 치료나 미술 치료 같은 간단한 프로그램들이 진행됐다. 주로 실습생이나 자원봉사자들로 이루어진 외부 강사들이 병동으로 찾아왔다.

오늘 오전엔 공예 프로그램을 한다고 했다.

"소원이 이루어지는 마법 팔찌를 만들어요. 수강하고 싶은 분 어서 오세요."

외부에서 날아온 마법사들이 색색의 실을 들고 낭랑한 목소리로 유혹했지만 비취는 내키지 않았다.

"병실에 들어가서 나라 구하는 일할 것도 아니면서 나랑 함께 가. 시간 때우기엔 좋다고. 혹시 알아? 진짜 소원이 이루어지는 마법 팔찌를 만들게 될지?"

병실로 들어가다가 별하에게 붙들리고 말았다. 별하는 모든 프로그램에 가장 열심히 참여했다. 별하 뒤엔 미래와 화장을 짙게 한 효정도 보였다.

"고작 팔찌 하나 만들어서 이루어질 소원이라면 사양."

"이러지들 마시라! 공짜 팔찌를 득템할 수 있는 찬스!"

별하는 기어이 비취 팔을 끌고 강의실로 향했다.

"같이 가요, 언니!"

미래도 제 팔을 끼워 넣으며 코맹맹이 소리를 했다. 팔짱을 끼는 건 딱 질색인데 양팔을 붙들려 끌려가고 말았다.

"소원 팔찌는 다양한 의미가 있어요. 인내, 힘, 용기, 행운 그리고 회복의 상징이에요. 가족이나 연인, 친구와 함께 연결되어 있다는 결속력을 상징하기도 하죠. "

벌써 강의가 시작되고 있었다. 십여 명의 환자들이 테이블에 옹기종기 모여 있고 세 명의 강사가 오가며 색실을 나눠 줬다. 비취와 별하, 미래, 효정은 한 테이블에 모여 앉았다.

"좋구먼. 회복의 상징이라니. 요거 만들면 우리도 금방 회복하는 건가?"

할머니 두 분도 자리해 있었다. 팔찌여서인지 대부분 여자 환자들이었다.

"그럼요. 색실 세 개를 땋아서 자신만의 특별한 팔찌를 만들어 보세요. 아, 팔찌 만드시면서 소원 비는 것도 잊지 마시고요."

소원을 이루어 준다는 성능에 비해 방법은 간단했다. 머

리 땋는 방법과 똑같아서 마지막 매듭을 묶는 방법만 눈여
겨보면 충분했다.

"색실은 마음대로 고르는 거죠? 소원은 진짜 이루어지
는 거예요?"

별하는 양손에 여러 색깔의 색실을 들고 물었다.

"물론이지요. 원하는 색깔로 세 줄씩 고르세요."

"앗싸! 반려자 줄 거 만들어야지."

별하는 콧노래까지 흥얼거리면서 색실을 꼬기 시작했다.
빨강과 초록, 검정. 별하의 색실은 역시 강렬했다. 미래는
노랑과 연두, 초록색 실을 골랐고 효정은 분홍과 자주, 보
라색을 골라 들고 팔찌를 만들기 시작했다.

비취는 회색 실 세 개를 골라냈다.

"어머, 같은 색만으로 하면 좀 지루하지 않을까요?"

강사의 만류에도 비취는 회색 실로만 마법 팔찌를 만들
었다. 무채색에 묻혀 평온해지고 싶었다. 아무도 찾지 못하
게…….

"목걸이도 만들면 안 돼요?"

효정이 손을 들고 물었다.

"목걸이 만들기엔 줄이 너무 짧은데요."

강사가 난처한 표정을 짓자 효정은 테이블에 있는 색실을 한 움큼 집어 들더니 짧은 색실을 하나하나 연결했다. 목걸이를 완성한 효정은 색실을 짧게 끊어 반지까지 만들었다.

"어때, 나 멋지지 않아?"

팔찌와 목걸이와 반지를 몸에 차고 효정은 그제야 만족스러운 표정을 지었다.

"거울 보러 가야지."

효정은 가벼운 스텝을 밟으며 강의실을 먼저 빠져나갔다.

비취는 효정을 볼 때마다 여기서 어떻게 화장을 하는지 궁금했다. 입원할 때 유리병이나 펜 종류는 다 압수된다. 화장품들은 병에 담긴 게 많고 아이펜슬도 있는데 어떻게 가지고 들어온 걸까.

"효정이 요구한 입원 조건은 딱 하나였대. 화장하게 해 주는 거. 그래서 간호사실에 화장품을 두고 아침마다 가서 화장하고 와."

별하가 간단하게 궁금증을 풀어 줬다.

"효정이 처음 들어왔을 때는 굉장했어요. 금단 현상으로 사흘 동안 잠도 안 자고 날뛰었대요."

미래가 속삭였다.

"화장 중독도 금단 현상이 생겨?"

"나비 때문이에요. 누구든 만나게 되면 하늘을 날게 하는 마법의 나비 말이에요."

"마법의 나비?"

미래는 대답하지 않았다.

효정을 따라 먼저 나간 별하는 미스 최 옆에 서서 수다를 떨고 있었다.

"이봐, 미스 최한테 딱이지?"

별하는 미스 최의 팔을 가리켰다. 미스 최 팔에는 하늘색과 파랑색, 회색으로 땋은 소원 팔찌가 끼워져 있었다.

"이런 걸 다 주고 그런다. 정들게."

미스 최는 팔찌가 마음에 드는지 팔을 들었다 놨다 하면서 웃었다.

"우주의 신비로운 기운을 담아서 한 땀 한 땀 땋은 거니까. 잘 간직해. 내가 지구를 떠나더라도 이 소원 팔찌가 널 지켜 줄 거야."

별하의 반말은 누구에게나 공평해서 미스 최에게도 마찬가지였다. 특히 별하는 절대로 할머니들을 붙잡고 수다를 떨거나 하지 않았는데, 언젠가 할머니한테 '너'라고 했다가 된통 혼이 나서였다고 했다.

하루가 길었다. 머리가 돌 만큼 바쁘게 살았던 건 아니지만 비취는 이렇게 무료하게 지냈던 적도 없었다. 저녁 약을 받아먹고 자면 12시도 못 돼 잠에서 깼다. 그때부터가 정말 난감했다. 컴퓨터도, 휴대폰도, 텔레비전도 없다. 해야 할 과제도 없다. 휴게실에 책이 있긴 했지만 비취가 읽을 만한 책은 없었다.

해야 할 일이 있다는 것이 하루를 얼마나 풍성하게 해 주었는지 비취는 새삼 알게 되었다. 귀찮기만 하던 모든 일들, 가령 엄마를 따라 새벽 시장에 간다거나, 밀린 인강을 몰아 본다거나, 또는 늦은 밤 생리대를 사러 나가고, 마트에 치약을 사러 가는 일 따위들. 일상이라 말하는 그런 순간이 얼마나 소중했던 것이었던가를 절절하게 느껴야만 했다.

이곳에서는 24시간이 초 단위로 선명했다. 1초, 2초, 3초 ……. 너무 느리게 흘러서 시간이 흐르는 모습이 보일 지경이었다. 1시간은 지났으리라 기대했지만 시곗바늘은 겨우 5

분이 흘렀을 뿐이었다. 작은 바늘 한 칸 이동하는 데에 24시간이 소요되는 건 아닐까. 시곗바늘이 날 속이는 게 아닐까. 비취는 그런 의구심마저 들었다.

비취는 밥을 먹을 때 아주 천천히 먹었다. 밥알 하나하나를 세면서. 비엔나 소시지가 세 알, 양념은 간장 소스. 좀 달다. 한 알은 덜 달다. 비취는 무료하게 그런 생각을 하며 최선을 다해 느려지려고 애썼다.

다행을 찾아내자면 정신과 약은 뇌를 몽롱하고 졸리게 했기 때문에 낮에도 잠깐씩 낮잠을 선물하긴 했다. 선물의 약발은 길어 봐야 10분 정도였지만 그런 쪽잠은 밤의 깊은 잠을 1시간 정도 복리로 뺏어 갔다. 악순환이 반복되는 시간이었다.

얕은 잠의 가운데 놈은 창문에서, 벽에서 불쑥불쑥 튀어나왔다. 온몸의 솜털까지 곤두서고 어디로든 도망가려고 벌떡 일어났다가 폐쇄 병동이라는 생각에 절망과 함께 다시 쓰러지기를 반복했다. 놈의 놀이에 함께 동조했던 아이들의 비웃음 소리가 천둥처럼 비취의 귀에서 쾅쾅 울렸다. 손가락질하는 손모가지들이 빗줄기처럼 쏟아져 몸 구석구석에 성심성의껏 박혔다. 비웃음이 우박처럼 쏟아지며 살

갖을 뚫고 들어와 내장에 박히고 마침내 심장에 깃발을 꽂으면 살육이 끝났다.

별하는 병동의 생활에 완벽하게 적응하고 유유자적 시간을 즐기는 편이었다.

"노래방 가자!"

별하가 병실 문을 열고 소리쳤다. 별하 뒤에는 미래와 효정이 보였다.

"미안."

시간이 남아돌긴 하지만 노래방에 가서 노래 부를 기분은 절대 아니었다.

"노래 부르기 싫으면 탁구라도 쳐 봐. 탁구 치기 싫으면 구경하고, 그것도 싫으면 음악 감상실에서 음악 감상을 해도 좋고, 아니면 러닝머신 위에서……."

별하가 병실 문을 잡고 서서 랩을 하듯, '노래 부르기 싫으면 할 수 있는 백만 가지 일'을 떠들어 대기 시작했다.

"갈게."

"좋아."

군소리 없이 별하와 미래, 효정의 뒤를 따라 활동 센터로 들어갔다.

활동 센터에는 몇몇 사람들이 운동 중이거나 소파에 앉아 바둑을 두고 있었다.

별하는 노래방에 들어가자마자 팝송을 누르더니 마이크를 잡았다. 별하의 노래는 기대 이상이었다. 가수를 해도 좋을 만한 실력이었다. 팝송에 이어 부른 일본 노래 역시 원어민 같은 발음이었다.

"노래 진짜 잘하지요? 별하는 공부든 뭐든 다 잘해요. 아이큐가 158이래요."

미래가 비취 귀에 대고 속삭였다.

쿵쾅거리는 음악이 울리면서 별하가 춤을 추기 시작했다. 입이 딱 벌어졌다.

"병실에 안 들어오는 이유를 알겠다."

비취는 자기도 모르게 별하의 노래에 맞춰 박수를 쳤다. 미래와 효정도 일어나 별하 옆에서 탬버린을 흔들며 함께 춤을 추었다.

"지구 떠나지 말고 여기서 한류 열풍에 이바지해도 좋을 것 같아."

별하가 노래를 끝내고 자리에 앉자 엄지를 세우며 말해

줬다.

"갑자기? 그런 말도 할 줄 알아?"

별하가 허리를 접고 깔깔깔 웃었다. 비취는 조금씩 별하에게 마음을 여는 중이었다. 102호 환자가 아닌, 함께 수다 떨고 주머니 털어서 동전 노래방에 가서 웃고 떠드는 그런 평범한 여학생으로 만났다면 얼마나 좋을까.

별하는 평범이 애당초 안 어울리는 아이인지도 몰랐다. 비범한 영재가 평범을 건너뛰어 이제 우주적인 반려자를 가진 비범한 환자가 됐으니.

"난 음악이 좋아. 프로듀싱도 재밌어 보이고 무대 감독도 좋을 것 같고. 하잘것없는 걸 잘한다는 이유로 진짜 잘하는 걸 못 하게 되다니. 너무 웃겨!"

별하는 팔에 낀 소원 팔찌를 만지며 또다시 깔깔 웃었다.

"한비취 학생, 어머니한테 전화 왔어요!"

간호사가 체육 센터로 찾아와서 부르는 소리에 비취는 간호사실로 향했다. 환자의 상태가 좋아졌다고 판단되기 전까지는 면회가 금지되는 폐쇄 병동. 닥터 김이 언제쯤 엄마를 만나게 해 줄 건지 알 수 없었다.

“오늘은 좀 어떠니? 좀 나아졌어?”

“응. 애자 씨는 어때? 아픈 데는 없어?”

“엄마는 말짱하지. 네 건강이나 잘 챙겨. 아! 엄마 가게 내놨어.”

“가게를?”

가슴이 턱 막혔다. 아빠가 돌아가신 후 엄마가 그 생선 가게를 지키기 위해 얼마나 애썼는지 비취는 누구보다 잘 알고 있었다. 그런 가게를 갑자기 왜!

“병원비 때문이야?”

일반 병원보다 입원비가 훨씬 비싼 정신 병원. 언제까지 있게 될지도 모르는 상황에서 엄마에게는 큰 부담일 것이다.

“어머, 애는. 엄마를 뭘로 보고. 네 입원비 정도는 까딱없어. 그냥. 이제 나도 생선 비린내가 신물 나서 다른 일을 해 볼까 그래.”

어쩐지 전화를 받을 때부터 다른 날보다 더 씩씩한 척하더라니. 비취는 입술을 잘근잘근 깨물었다.

“꿈 깨, 애자 씨. 다른 일 할 수 있는 게 뭐가 있다고!”

“너, 엄마 무시하는 거 맞지? 몸 건강한데 못 할 게 뭐야.”

‘건강하기는……’

생선을 토막 내느라 망가진 손목과 온종일 제대로 펴지 못하는 허리 때문에 엄마가 밤마다 끙끙 앓는 것을 비취는 알고 있었다.

"뭐든 냄새 안 나는 일로 찾아볼게. 네 몸에 다시는 비린 냄새 안 배게 할게. 꽃향기만 나게 해 줄게."

통화를 마치고 돌아온 비취는 병실 침대에 얼굴을 묻었다.

초등학교 시절, 울어서 퉁퉁 부은 얼굴로 돌아가면 엄마는 아무것도 묻지 않고 비취를 꼭 안아 주었다. 그때 엄마 품에서 나던 냄새는 분명 꽃향기였다. 비취만 맡을 수 있는 엄마 냄새.

'지금 여기서 뭘 하고 있니. 엄마가 집에 있는데 너는 왜 이러고 있어.'

비취는 눈물을 닦고 일어나 앉았다. 명상 프로그램 시간에 배운 대로 가부좌를 틀고 앉았다. 호흡을 정리하며 냉정하게 생각을 정리하기 시작했다. 놈에게만 맞춰져 있던 앵글을 좀 더 확장해서 풀샷으로 살펴보기로 했다. 사건으로부터 떨어져서 객관적으로, 이성적으로.

처음에는 놈만 보였다. 비열하고 음침한 놈의 눈깔과 더러운 숨소리만 들렸다. 추악한 놈의 만행이 파노라마처럼 스쳤다.

'침착해. 침착해야 해.'

비취는 사건으로부터 거리를 넓히기 위해 애썼다. 마음을 안정시키기 위해 들숨, 날숨을 쉬며 호흡을 가다듬었다. 드디어 자신의 모습이 보이기 시작했다. 겁에 질리고 무기력한 비취. 이성을 잃고 칼을 휘두른 후 벌어진 일련의 사건들. 질주하던 비취의 생각은 거기서 일시 정지됐다.

비취는 깨달았다. 진정한 가해자는 자신이라는 사실을.

놈에 대한 서툰 복수가 부메랑처럼 돌아와 가격을 당한 건 비취였다. 놈을 저주하며, 세상을 원망하며, 스스로 판 구덩이 안에서 허우적댔던 시간. 그것은 명백히 비취가 자신에게 행한 2차 가해였다.

'어리광 그만 부려, 한비취!'

비취는 목구멍에서 울컥대는 나머지 눈물을 잘근잘근 씹어 삼켰다. 비취는 소원 팔찌를 꺼내 소원을 빌었다. 다시는 무책임하게 도망가지 않게 해 달라고.

귀신 새

미스 최가 완전히 기력을 회복하자 왜 다들 멋진 분이라고 했는지 알 것 같았다.

거의 침대에 누워 지내던 미스 최가 휴게실에 나와 있었는데 놀랍게도 바둑을 두고 있었다. 미스 최는 말끔하게 머리를 묶고 앉아, 왕년에 제법 높은 직위의 공무원이었다는 중년 남자를 앞에 두고 바둑에 골몰 중이었다. 오목이나 두는 정도가 아니라 바둑판 가득 집을 지으며 불꽃을 튀기고 있었다. 게다가 주변 반응을 보아하니 미스 최가 이기는 중인 듯했다. 아직 손을 떨어서 바둑돌을 떨어뜨리기도 했지만 바둑 두는 솜씨는 한눈에 봐도 예사롭지 않았다.

“멋쟁이 미스 최, 이제 돌아왔네요.”

간호사들이 웃으며 지나갔다. 바둑은 30여 분의 접전 끝에 미스 최 승리로 끝났다. 바둑을 끝낸 미스 최는 미련 없이 자리를 털고 일어나더니 병실로 들어갔다.

비취도 뒤를 따라 병실로 들어갔다. 미스 최는 침대에 비스듬히 누워 두꺼운 벽돌 책을 읽기 시작했다.

“귀신 새라고 아니?”

미스 최가 책에서 눈을 떼지도 않은 채 비취에게 물었다.

“새들에게도 귀신이 있어요?”

“히이이. 호오오. 히이이. 호오오.”

미스 최가 고개를 들고 난데없이 휘파람을 불기 시작했다. 뾰족하게 입술을 모으고 마치 의식을 행하는 사람처럼 진지한 얼굴로 휘파람을 불었다. 비취는 영문을 알 수 없어서 그냥 바라봤다. 휘파람 소리가 길어지자 점점 등골이 오싹해지더니 기괴한 느낌마저 들었다.

“늦은 밤부터 새벽까지 휘파람 소리를 내며 우는 새야. 소리 톤과 울려 퍼지는 타이밍이 좋지 않아서 귀신 새라고 불리는데 정식 이름은 호랑지빠귀. 한국 전역에서 서식하고 일본이나 시베리아 남부, 오스트레일리아까지 분포되어 있어.”

미스 최는 바둑을 둘 때 봤던 진지한 표정으로 말했다.

"나는 이 녀석들이 참 좋아. 귀신 소리 같은 목소리도 맘에 들고 온몸을 감싼 검은 초승달 모양의 점까지. 완벽해."

"귀신 소리라면 저도 자주 들어요. 제 귓속에 서식 중이거든요."

"운이 좋구나. 검은 초승달이 뜨는 밤에 귀신 새 소리를 안주 삼아 술을 마시면 완벽하지. 나를 위한 장송곡을 불러 주는 것 같아서 위안이 돼. 누군가 내 죽음을 애도해 준다는 건 꽤 든든한 일이지 않니?"

"난 목소리가 죽음을 함께한다면 분할 것 같은데요. 결국 내 손에 너는 죽었구나. 그러면서 애도 대신 축사를 보낼 것 같아요."

"그렇다면 운은 내가 더 좋은 모양이네. 피곤하다. 좀 자야겠어."

미스 최는 읽던 책을 덮고 침대에 누웠다.

"오늘은 영화 안 보세요?"

미스 최 등에 대고 물었다.

"이 방에 텔레비전이 어디 있다고 영화를 봐?"

미스 최는 몸을 돌려 어이없다는 표정을 지었다.

다음 날은 탁구장에서 미스 최를 발견했다. 젊은 환자와 경기를 하면서도 꽤 선전하는 중이었다. 결국 지기는 했어도 체력 때문이지 기술이 뒤져 보이지는 않았다. 미스 최는 승부욕이 강했다. 어쩌면 술도 누구든 더 많이 마시는 게 용납이 안 돼서였던 건 아닌지 의심마저 들었다.

미스 최는 그날부터 탁구장에서 살다시피 했다. 탁구대 앞에서 탁구공과 씨름하더니 금세 속도에 힘이 붙었다. 며칠 후, 미스 최는 3 대 1로 먼저의 패배를 설욕했다. 미스 최는 이긴 뒤 귀신 새 휘파람을 불며 세리머니를 했다. 확실히 귀신 새는 미스 최 편인 모양이었다.

노래방의 별하와 탁구대 앞의 미스 최. 같은 병실을 쓰는 두 사람이 활동 센터에 빠져 있으니 자연스럽게 비취도 그곳에서 보내는 시간이 많아졌다. 두 사람이 각자의 취미 생활을 즐기는 동안 비취는 러닝머신을 뛰었다.

비취는 엄마와의 통화 후, 병동 생활을 잘해 보기로 결심했다. 엄마 곁으로 돌아가려면 비취 스스로 지옥에서 탈출하는 방법밖에는 없다는 결론에 도달하는데 한 달이라는 시간이 걸렸다.

"공 좀 주워 줘."

미스 최가 소리쳤다.

"너도 탁구 칠래?"

공을 집어 들고 다가온 비취에게 미스 최가 물었다.

"난 탁구 칠 줄 몰라요."

"학교에서는 도무지 쓸데없는 것만 가르치는 모양이구나."

비취는 엉겁결에 탁구대 앞에 섰다.

미스 최의 눈이 빛났다.

"받아 봐."

오렌지색 탁구공이 통 통 통 비취를 향해 튀어 와서는 그냥 지나갔다.

"진짜 순 맹탕 깡통이네. 너 운동 신경은 집에다 두고 입원했니?"

"그런 건 엄마가 가방에 안 넣어 줬어요."

"어깨에 힘을 빼. 무슨 탁구를 힘으로 치려고 해. 팔꿈치는 고정하고 그대로 밀면서 움직여. 가볍게."

오렌지색 공은 비취의 라켓으로부터 한없이 자유로웠다. 의지와 상관없이 공이 가고자 하는 곳으로 날아갔다. 이론과 실제가, 마음과 몸이 협조할 생각이 전혀 없어 보였고 비취는 공을 그냥 입에 넣고 씹어 먹고 싶었다.

“급하게 휘두르지 말고 천천히! 라켓이 파리채니?”

파리채처럼 길기나 하면 좋으련만. 목에서 귀신 새 울음 소리가 나려고 할 즈음, 드디어 비취는 첫 공을 맞췄다.

딱!

오렌지색 공이 경쾌한 소리를 내며 네트를 넘어갔다. 비록 탁구대는 맞추지 못하고 미스 최 머리 위로 날아가는 홈런 볼이었지만 기뻤다.

“와아!”

비취는 자리에서 펄쩍 뛰었다. 아이처럼, 소녀처럼.

“탁구를 가르쳤더니 야구를 하네.”

미스 최가 고개를 절래절래 흔들었지만 비취의 좋은 기분을 망치지 않았다. 그새 한 시간이 훌쩍 지나갔다. 비취가 ‘더 하얀’에 들어온 후 분이나 초가 아닌 시간 단위로 시간을 느낀 건 처음이었다.

드디어 시간이 흐르기 시작했다.

낯선 젊은 남자가 가방을 들고 병동에 들어섰다. 멀리에서 보기도 남자는 유난히 키가 컸다. 어제 잘생긴 대학생이 격리실에 들어갔다고 별하가 호들갑스럽게 말하더니 그 남자인 모양이었다. 비취는 라운지에 앉아 남자를 무심히 바라봤다.

별하 말대로 남자는 정신 병동에 어울리지 않게 너무 잘생겼다.

"서동후 씨, 이쪽으로 오세요."

이름이 서동후. 서동후는 간호사를 따라 남자 병실이 있는 통로로 갔다.

"멀쩡하게 생긴 젊은 냥반은 또 뭔 일로 이런 데를 왔을꼬."

할머니들이 남자를 보며 혀를 찼다.

"아침에 간호사들이 쑥덕거리는 걸 들어 보니 도박이더구먼. 차에 번개탄을 피우고 죽으려다 실패하고 병원 응급실에서 치료받고 들어왔다네."

"노름꾼은 멀쩡하게 들어온 사람이 없네, 그랴. 하나같이 자살 시도하다 들어와. 앞길이 구만리 같은 젊은 냥반이 어찐다고 그런 몹쓸 것에 손을 대 부렀으까. 얼굴만 뜯어먹어도 한 오백 년은 잘 살겠구먼."

"요즘은 학생들도 인터넷으로 도박을 많이 한다잖는가.

예전에는 그래도 가서 화투장이라도 만지면서 했는데 요샌 멀쩡하게 집에 따박따박 들어와서 방 안에서 한다잖아.”

여긴 절반이 중독자들이고 나머지 절반은 우울하거나, 미치거나, 잠을 자지 못 자는 사람들이다. 모두 소설책 다섯 권짜리 사연을 가방에 넣고 입원한다. 그 가방 안엔 가족들의 근심과 슬픔까지 묵직하게 들어 있다. 비취가 가방에 엄마의 지옥도 함께 넣어 온 것처럼.

생각하지 못했던 일들이 벌어졌다.

서동후가 들어온 뒤 병동 여자들에게 수상한 바람이 불기 시작한 것이다. 효정의 화장은 더욱 짙어졌고, 미래는 자꾸 남자 병실 쪽을 기웃거렸다. 베개를 안고 돌아다니던 105호 여자는 아예 서동후가 있는 병실로 들어갔다가 붙잡혀 나왔다. 별하만 서동후에게 무관심했다.

여자들의 은밀하고 열렬한 관심에도 불구하고 서동후는 자기 병실에서 거의 나오지 않았다. 약을 먹을 때만 하는 수 없이 나와 줄을 섰는데 서동후가 보이면 효정과 미래가 다투어 그 근처에 서려고 했다.

“오빠, 밥 안 먹고 약만 먹으면 속 버려요. 정신과 약이 얼마나 독한데.”

코맹맹이 소리를 하는 미래, 가부키 배우처럼 하얗게 화장한 효정.

비취는 그런 아이들이 민망해져서 얼른 약을 먹고 산책로로 피했다.

벌써 11월이다. 달력 위에서 숫자로만 박제되어 있던 계절들이 이 좁은 산책로에서는 부지런하다. 드디어 바짝 마른 담쟁이 잎들이 넝쿨과 함께 벽을 뒤덮고 있었다. 헐벗은 나무들과 뿌옇게 흐린 하늘이 마음에 들었다.

“부디 눈을 뿌리지는 마. 첫눈 마중을 여기서 하고 싶지는 않아. 이곳에서 나갈 때까지는 참아 줘.”

비취는 하늘을 보며 중얼거렸다.

나무에 달린 빨간 열매들은 11월을 건너오면서도 아직도 주렁주렁한 채다. 놈의 피가 아직도 불끈불끈 생기 있게 맥박 뛰고 있을 것처럼.

산책로에 서동후가 들어섰다. 여자들의 시선을 용케 따돌리고 산책로를 찾아낸 모양이었다. 비취는 나무를 바라보는 척하다가 서동후가 지나가자마자 얼른 산책로를 나와 버렸다. 서동후는 멍한 눈으로 그냥 터벅터벅 걷고 있었다.

“어서 와.”

활동 센터로 들어서자 미스 최가 비취를 불렀다. 비취는 얼른 라켓을 받아 들고 탁구대 앞에 섰다. 요즘은 실력이 좀 늘어서 미스 최가 넘기는 공 100개 중 70개는 받아칠 수 있었다.

“오늘은 서브 넣는 법을 가르쳐 줄게.”

미스 최가 간단히 시범을 보여 줬다.

“쉽지?”

쉽지 않았다. 미스 최가 넘긴 공이 모서리를 맞고 멀리 날아갔다.

“쯧쯧, 실력이 없으면 동작이라도 빨라야지. 얼른 뛰어가서 집어 와.”

통통 굴러가는 오렌지색 공을 쫓다가 비취는 멈칫했다. 서동후가 있었고 그 앞에서 공이 멈췄다. 서동후는 발밑에서 멈춘 공을 보고도 가만히 서 있었다.

“공 좀 던져 주세요.”

소리쳤는데도 반응이 없었다. 산책로에서부터 쭉 저 상태로 걸어 다니는 건지 서동후는 혼이 빠져나간 사람 같았다.

“어? 동후 오빠다.”

미래와 효정이 들어오자 그제야 서동후는 정신을 차린 듯 후다닥 서둘러 활동 센터를 나갔다. 둘은 눈치도 없이 그 뒤를 종종거리며 따라 나갔다.

"이번엔 꼭 성공하겠어요."

비취는 눈을 부릅뜨고 오렌지색 공에 집중했다. 휙 튕겨 올려서 멋지게 폼 잡으며 라켓을 휘둘렀다.

딱! 라켓이 공을 때리는 경쾌한 소리는 결국 듣지 못했다.

"어디 가서 나한테 탁구 배웠단 말 하지 마라."

미스 최는 한심한 표정을 짓다가 라켓을 두고 자리를 떴다. 세상에서 제일 불쌍한 사람이 재능이 없는 일에 목숨 거는 사람이라던가. 비취는 현명해지기로 하고 냉큼 미스 최 뒤를 따랐다.

"변시후, 그 아이 드디어 내가 꼬리를 잡았어. 비취야."

엄마는 오늘따라 더 흥분해 있었다.

"또 무슨 소리야? 엄마."

"내가 얼마 전부터 녀석 뒤를 캤어. 하고 다니는 짓이 정 말 망나니야. 학생이 술이나 마시고 다니질 않나. 게다가, 비취야……."

엄마는 갑자기 목소리를 줄여 속삭였다.

"마약까지 손을 대는 것 같아."

그놈. 정상은 아니었다. 그래도 마약까지, 설마…….

"전부터 자꾸 수상한 행동을 하더라고. 남의 집 에어컨 실외기를 기웃거리지 않나. 사람도 안 사는 빈 아파트 우편함을 뒤지지 않나. 알고 봤더니, 그게 마약 던지기 수법이 랜다. 마약을 그런 데 숨겨 놓고 가면 사는 사람이 나중에 찾아가는 거."

"엄마가 형사야? 왜 미행을 해. 그러려고 가게 내놓은 거야?"

"그 부모가 제 아들은 법 없이도 살 착한 아들이라고 너 한테만 그렇게 죄를 덮어씌우는데 방법 있니? 경찰들도 다 그것들 편이고. 캐면 캘수록 그 애, 진짜 무서운 애더라."

"그러다 무슨 일이라도 나면 어쩌려고 그래!"

"너는 아무 걱정 하지 마. 엄마가 옛날에 책방에서 근무 할 때 추리 소설을 얼마나 많이 읽은 지 아니? 내가 결정적 인 증거 잡아서 그놈 부모 앞에 들이밀 거니까. 네 앞에서 싹싹 빌도록 만들게."

"추리 소설 읽은 거로 탐정 흉내라도 내는 거야? 엄마가 애야?”

엄마는 마치 전사처럼 씩씩하게 말했지만, 평생 생선 가게 일밖에 모르던 엄마가 놈을 상대로 혼자 싸울 생각을 하다니. 변호사 부모를 앞세운 그놈을. 게다가 마약까지 손을 댔다니. 놈이 엄마에게 덤벼들기라도 한다면……. 비취는 너무 불안했다.

“나만 믿어, 비취야. 넌 엄마만 딱 믿어!”

그러고는 엄마는 서둘러 전화를 끊었다. 비취는 수화기를 들고 한동안 멍하니 서 있다가 대화를 들은 간호사가 수상한 표정으로 계속 바라보자 얼른 밖으로 나왔다.

어쩌면 좋은가. 철없는 김애자 여사.

매주 목요일 오후는 닥터 김과 면담이 있는 시간이다.

“요즘 기분은 어떠니?”

차분하고 담담한 목소리. 늘 변함없다.

비취는 이제 나아지리라 작심했고 달라진 모습을 보이고 싶었다. 퇴원을 당길 수 있다면.

“좀 잠잠해진 것 같기도요.”

“잠은 잘 자고?”

“제법요.”

“프로그램은 어땠니?”

“좋았어요.”

“탁구를 하고 있던데 좋은 일이야. 뭔가 집중할 만한 것이 있다면 치료에 훨씬 도움이 될 거야.”

“소질은 없는 것 같지만 재미있어요.”

예상과는 달리 닥터 김은 순하게 답을 하는 비취를 기특하게 생각하지 않는 것 같았다. 오히려 바쁘게 움직이던 손을 멈추고 가만히 비취를 바라봤다.

“능력 있으신가 봐요. 많이 나아지고 있어요. 퇴원해도 될 만큼요.”

맘먹고 던지는 아부에도 반응이 없었다. 잠시 어색한 침묵이 흘렀다.

“이건 전달해야 하는지 말아야 하는지 망설였다만…….”

닥터 김이 미간 사이를 손가락으로 문지르며 작은 한숨을 내쉬었다.

“변시후 군이……. 너에게 이 말을 전해 달라고 했다.”

놈의 이름을 듣는 순간 비취는 갑자기 온몸이 굳어 왔다.

“네가 잘못을 인정한다면 용서해 줄 수 있다고 했어. 사과를 한다면 퇴원에 동의해 주겠다고 하는구나.”

“용서라고요?”

머릿속이 하얘지는 느낌이 들었다.

“내가 아니라, 놈이 나를…… 나를 용서하겠다고요? 나더러 사과를 하라고요?”

며칠 동안 애써 다독거리며 다짐했던 마음이 한순간에 무너져 내렸다. 그때 놈의 팔목을 완전히 끊어 놓지 못한 후회가 다시 어금니 사이에서 씹혔다. 피가 거꾸로 솟는다는 느낌이 이런 걸까.

“학교 측은 비취 학생의 주장을 다 받아들이지 못하고 있어. 너도 알다시피 변시후 학생 부모님이 강력하게 너의 입원을 요구했다. 물론 변시후 학생 말 한마디에 너의 퇴원이 결정되지는 않아. 퇴원하려면 상태가 완전히 호전되었다는 내 소견서가 필요하다.”

“소견서, 써 주세요. 저 멀쩡해요!”

“미안하지만 주치의의 소견으로는 아직 퇴원은 좀 이르다고 판단된다. 치료가 다 끝나지 않은 상태에서 나간다면 다시 원점으로 돌아갈지도 몰라.”

“내 원점이 미친년은 아니었어요. 나는 그냥 평범한 학생이었다고요!"

"안다. 네가 피해자라는 걸 나도 알아. 하지만 좀 더 냉정해지자. 아직은 충동을 조절할 자제력이 충분하지 않다. 지금도 그렇다. 언제 터질지도 모르는 폭탄 같아."

"내가 어떻게 반응하는지 보려고 시험했다는 거예요?"

"조금 더 치료가 필요할 뿐이라는 말이다. 그건 네 잘못이 아니야. 널 도와주고 싶다."

닥터 김의 말이 하나도 귀에 들어오지 않았다. 떠오르는 건 지금 당장 여기서 나가 놈의 팔뚝을 마저 끊어 놓는 것. 그것뿐이었다.

"분명하게 말하지만 너를 위해서 내리는 결정이다. 이대로 나가면 위험해."

"거짓말! 그게 어떻게 나를 위한 결정이야! 치료받아야 할 사람은 내가 아니란 말이야! 이 사기꾼! 깡통! 돌팔이 의사야!"

비취는 자리에서 벌떡 일어나 문으로 뛰어갔다.

"헉!"

문고리를 잡는 순간 호흡이 가빠 오기 시작했다. 가슴이 타는 듯했다.

닥터 김의 다급한 목소리가 들려왔다.

"나, 나갈 거…… 야. 헉, 헉!"

금방이라도 숨이 끊어질 것 같았다. 문고리를 붙들고 주저앉았다.

격리실에서 반나절을 보내고 비취는 병실로 돌아올 수 있었다. 공황 발작이 지나간 뒤라 비취의 온몸은 물에 젖은 솜처럼 무거웠다.

"괜찮니?"

미스 최가 있는 줄도 모르고 있었다가 깜짝 놀라서 눈을 떴다. 간신히 고개를 끄덕이는 것으로 답을 대신했다.

"나 내일 퇴원해."

미스 최의 말에 비취는 자리에서 벌떡 일어나 앉았다.

"내일요? 의사가 퇴원해도 된대요?"

"나야 뭐, 이제 병원에서도 포기했어. 언제 죽어도 전혀 이상하지 않아. 내가 나가고 싶으면 나가고 실려 들어오면 치료해 주고. 제발 장례는 여기서 치르지 말라고 하더라고."

그렇게 말해도 좋다면, 병원에서조차 포기해서 퇴원한다

는 미스 최가 비취는 부러울 뿐이었다.

"순천만에 벌써 겨울 철새들이 날아들기 시작했을 거야. 때를 놓치면 1년을 기다려야 해. 1년 뒤에 내가 살아 있을 거라는 보장도 없으니 부지런히 봐 둬야지."

"난…… 어떡해요? 이제 난 누구랑 탁구 쳐요?"

어느새 비취는 미스 최에게 마음을 의지하고 있었다.

"그러게. 퇴원하면서 뭔가 마음에 걸리기는 처음이야. 네가 제법 열심이어서 나도 지루하지 않았어. 누구든 붙잡고 탁구는 계속해."

"저도 순천만에 따라가고 싶어요."

"서두르지 마. 창문이 창문으로 보이면 최악은 아닌 거야."

미스 최가 창문을 보며 웃었다.

"모든 것은 제자리에서 묵묵하지. 내가 아무리 창문을 스크린이라고 우겨도 창문은 창문으로, 나무는 나무로 각자의 자리를 지키고 있어. 사람이 제 마음대로 혼동하고 헤매는 거지. 너도 묵묵하게 기다려 봐. 언젠가는 너도 네 자리로 돌아가서 102호 환자가 아닌 사춘기 여고생이 될 날이 올 거야."

“그런 날이 올까요? 정말…… 올까요?”

비취가 절망적으로 물었다.

“내가 몇 가지 질문을 할 건데 대답해 줄 수 있니?”

미스 최가 비취 쪽으로 몸을 돌려 앉더니 물었다.

“네.”

“이제부턴 내가 묻는 말에 넌 무조건 ‘아니오’라고 대답해야 해.”

“네. 아, 아니오.”

“지금 행복하니?”

“아니오.”

“네가 쓸모 있는 사람이라고 생각해?”

“아니오.”

“너는 사랑받을 자격이 있니?”

“아니오.”

“감사함을 느껴 본 적 있어?”

“아니오.”

예상치 못한 질문들에 쓴웃음이 났다.

“웃기지. 그게 지금까지 네 모습이야. 좋아, 그럼 다음 질문을 해 볼게.”

“그래서 포기할 거야?”

“아……니오.”

“그만둘 생각이야?”

“아니오.”

“고작 환청이나 환각 따위한테 무너질 거야?”

“아니오.”

“그래, 넌 할 수 있어. 넌 너무 예쁜 아이니까.”

미스 최는 비취의 눈을 가만히 바라보며 웃었다.

“세상을 향해 ‘아니오.’라는 대답만 준비되어 있다면 한 번쯤은 질문을 바꿔 볼 필요가 있어.”

“어, 언니.”

왈칵 눈물이 쏟아졌다. 비취는 미스 최를 꽉 안았다. 미스 최에게서 엄마 냄새가 났다. 비릿한 꽃향기.

“참 슬픈 일이지. 위로 한 마디를 듣지 못해서 죽어 가는 사람이 많다는 건 말이야. 이런 질문을 누군가 나에게 해 주었다면…… 나도 너처럼 예뻐질 기회가 있었을지도 모르지.”

미스 최는 비취를 안고 등을 토닥였다.

“언니는…… 좋은 사람이에요. 언니도 꼭 예뻐졌으면 좋겠어요."

비취 머리를 쓰다듬던 미스 최가 하품을 했다.

"미안하지만 이제 졸립다."

서둘러 눈물을 닦는 비취를 보며 미스 최가 미소를 짓더니 자리에 누웠다.

"최복희. 내 이름이야. 복 복(福), 기쁠 희(喜). 가당치 않게 이름이 너무 복스럽지. 내 복은 이름이 다 가져갔어."

졸린 목소리로 미스 최가 나지막한 목소리로 말했다.

"고마워요. 언니, 복희 언니."

"오랜만에 참 다정하게 들어 보는 이름이네. 나도 고마웠어. 예쁜이."

그러고는 곧 코를 골기 시작했다.

비취는 잠든 복희 언니 얼굴을 한참 동안 바라봤다. 묵묵한 슬픔. 슬픔이 제자리를 찾고 묵묵하다.

코를 골던 미스 최의 콧구멍에서 휘파람 소리가 났다.

"휘리 히오 히오……."

귀신 새가 울고 있었다.

물구나무서기

　복희 언니의 빈 침대를 볼 때마다 비취는 쓸쓸했다. 순천만에는 잘 갔을까. 그 무거운 캐리어를 끌고.

　놈 덕분에 퇴원은 다시 기약 없이 멀어졌고 비취는 엄마와 복희 언니를 떠올리며 추스르려고 애썼지만 쉽지 않았다. 침대에 몸이 붙은 것처럼 떨어지지 않았다.

　별하는 새로운 놀이를 찾아냈다.

　"지구를 들고 있는 중이야."

　툭하면 병실 벽에 기대어 물구나무를 섰다. 얼굴이 벌게지고 땀을 뻘뻘 흘리면서도 쉽게 발을 땅에 내려놓지 않았다. 거꾸로 서 있는 별하는 벌어진 입이 커다란 눈 같아서

외눈박이 괴물처럼 보이기도 했다. 그러다 좀비처럼 누워 있던 비취와 눈이 마주치면 거꾸로 선 채로도 수다를 떨었다.

"그렇게 누워만 있으면 중력 때문에 호떡처럼 납작해질 지도 몰라."

"그렇게 거꾸로 서 있다간 얼굴이 풍선처럼 터져 버릴지 도 몰라."

벌게진 별하는 깔깔깔 웃다가 고꾸라졌다.

"시체 놀이 그만하고 일어나. 요새 탁구는 왜 안 해?"

"그냥."

"어쩜, 너무너무 성의 있는 답이어라. 미스 최가 퇴원해 서 그러는 거야?"

"최복희야."

"뜬금없는 이름은 누구?"

"미스 최. 본명."

"캬아! 역시 미스 최다운 이름이다."

한참을 떠들어 대던 별하는 통통거리면서 병실을 나 갔다.

급식충에서 이젠 병원충이 됐군. 너한테 딱 어울려. 여기서 오래오래 살아!

또다시 목소리가 들려온 건 별하가 나간 후였다.

'신경 전달 물질의 오류일 뿐이야. 혼자 있지 말고 다른 사람들과 어울려.'

닥터 김의 조언을 용케 생각해 냈다. 비취는 벌떡 일어나 복도를 달려 활동 센터로 뛰어갔지만 아무도 없었다.

복희 언니가 간절해졌다. 언니가 있다면 탁구라도 칠 텐데.

울 것 같은 마음으로 탁구공을 쥐고 서 있던 비취 뒤로 누군가 들어오는 기척이 들렸다. 서동후였다.

"탁구 할 줄 아세요?"

다급한 마음으로 비취는 서동후에게 다가갔다. 누구라도 필요했다. 서동후는 멍한 눈으로 서서 답이 없었다.

서동후의 눈. 염소를 닮았다. 건강원에 끌려온 늙은 염소의 눈. 최후를 이미 알고 있는, 저항조차 포기한 체념의 눈이었다. 스물한 살이라고 했다. 비취보다 고작 3년을 더 산 사람이 눈에 30년쯤은 더 담은 것 같았다.

“도와주세요. 탁구라도 치지 않으면 정말 미쳐 버릴 것
같아서 그래요.”

서동후는 끝내 아무 말도 하지 않고 돌아섰다.

“너무하잖아요! 탁구 한번 쳐 주는 게 그렇게 어려운 일
이에요?”

서동후가 걸음을 멈췄다. 한참 서 있더니 낮은 목소리로
말했다.

“저는 이미 미쳐 버려서 누굴 도와줄 형편이 아닙니다.”

짧은 말을 남기고 체육 센터 밖으로 나가 버렸다.

서동후가 탁구 치자고 한 것은 그로부터 이틀이 지난 후
였다.

“괜찮으시다면 지금 탁구 치실래요.”

서동후의 눈은 퀭했다. 비취는 앞장서 활동 센터로 걷는
것으로 답을 대신했다.

“먼저 치자고는 했지만 잘 치는 건 아니에요.”

별 대꾸 없이 서동후가 먼저 서브를 넣었다. 공은 비취가
딱 치기에 알맞은 높이와 속도로 넘어왔다.

“탁구는 팔로 치는 게 아니라 눈으로 치는 거예요. 공의

위치를 끝까지 보고 날아올 곳에 라켓을 대고 기다려요. 먹이를 기다리는 하이에나처럼, 상대의 목줄을 끊어 놓을 찬스를 기다리듯, 이렇게요.”

서동후가 공을 높이 튕겨 올린 후, 내려오는 어느 시점에서 기다리던 라켓을 갖다 대자 딱! 공은 날카로운 속도로 날아 네트를 건너 비취 탁구대 중앙에 내리꽂혔다. 비취는 서동후 말대로 하이에나처럼 노려보다가 라켓을 가볍게 가져다 댔다. 공은 시원하게 네트를 넘어갔다.

서동후는 탁구를 가르치는 데 소질이 있었다. 라켓을 잡고 설명할 때의 눈은 염소의 눈이 아니었다. 매일 오후 3시에 비취는 서동후와 탁구를 쳤다. 상대가 누구건 가릴 처지가 아니었지만, 설혹 가릴 처지였다 하더라도 기꺼이 선택할 만큼 서동후는 꽤 괜찮은 코치였다.

3시부터 4시까지는 목소리가 끼어들 새도 없이, 가속도가 붙은 채로 휙휙 지나갔다. 가끔은 저녁 시간까지 게임에 열중하다가 간호사가 불러서 놀란 적도 있었다. 벽돌처럼 딱딱하게 굳은 견고한 시간 사이에서 조금 숨구멍을 찾아낸 느낌이었다.

효정과 미래가 이상했다. 복도에서 인사를 건네면 눈도 마주치지 않고 쌩하니 지나쳤다. 특히 효정은 비취를 만나면 노골적으로 불쾌한 표정을 지었다.

오늘 아침 식당에서도 마찬가지였다. 효정은 비취를 흘긋 노려보더니 미래의 팔을 끌고 멀찍이 떨어져 자리를 잡았다.

"효정이랑 미래, 요새 무슨 일 있니?"

다행히 비취 옆에 식판을 내려놓은 별하에게 물었다.

"무슨 일? 미래는 고래밥이 싫증 나서 새로운 밥을 찾는 중이고, 효정인 왜 살이 안 빠지는지 아직도 이해가 안 되는 중이란 거?"

젓가락으로 밥알을 세고 있는 미래와 수북한 밥을 정신없이 먹고 있는 효정을 가리키며 말했다.

"나한테 무슨 서운한 게 있는 거 같아."

조심스럽게 건네는 비취 말에 별하는 고개를 갸웃거렸다.

"그래? 너한테까지 줄 관심 없을 텐데. 요즘 둘 다 서동후한테 정신이 팔려 있어서. 효정인 완전 홀릭이야."

"아!"

비취의 입에서 짧은 탄식이 새어 나왔다. 그거였구나! 서동후.

"서동후랑 내가 탁구 치는 거 효정이가 알고 있는 거지?"

"아하! '더 하얀' 궁 내명부에 문제가 발생했다는 거군."

별하도 그제야 무슨 뜻인지 이해하고 고개를 끄덕였다.

"뭐, 하긴. 내 반려자가 다른 사람과 매일 같은 일상을 나누고 있다면 막 기분 좋고 그럴 것까진 없겠네. 애써 찾은 반려자를 공유하고 싶지는 않겠지."

"효정이가 서동후를 반려자로 생각한다는 말이야?"

"아마도 그런 듯! 아무튼 이 거대한 케이지가 문제야. 이렇게 사방이 꽉 막힌 곳이야말로 암수가 서로 정다워지기 너무도 쉬운 일이란 말이지. 외롭고 힘든 영혼들은 어떤 어깨든 기대고 싶어지는 건데, 이 케이지 안에 들어오는 어깨들이란 실은 너무 위태로운 거잖아. 기대면 무너지는 골다공증 걸린 어깨라는 걸 알지만 모르는 척하는 거지."

효정은 차라리 별하처럼 반려자를 우주에서 찾아보는 편이 나았을 것이다.

"혹시 너도 관심 있는 거야?"

별하가 비취를 빤히 쳐다보며 물었다. 느닷없는 질문에 들고 있던 비취는 숟가락을 내려놓았다. 없던 입맛마저 순식간에 사라졌다. 효정과 미래는 번지수를 잘못 찾았다.

"전혀. 나는 다만 누군가와 탁구를 치는 거고, 그 누군가가 어쩌다 보니 서동후가 된 것뿐이야."

여기까지 와서 이런 유치한 말을 하게 될 줄은 몰랐다.

"그럼, 뭐가 문제야. 그냥 하던 거 계속해. 다른 사람 신경 쓸 게 뭐 있어. 각자도생하는 거지. 간단하네."

간단하지 않다. 비취는 탁구를 그만둘 생각은 없었다. 앞으로 얼마가 될지 모르는 이 생활에서 간신히 찾아낸 숨구멍이었다. 그 숨구멍 앞에 하필 서동후가 있었다. 그리고 짐작건대 서동후의 숨구멍도 탁구였다. 지금의 서동후는 여자뿐만 아니라 인간과 삶 자체에 관심이 없어 보인다. 효정과 미래의 눈에 그게 보이지 않는 건가.

어쩌자고 우리는 이렇게 함부로 외로운 걸까. 비취는 마음이 편하지 않았다. 미래가 또다시 외로워져서 팔뚝의 빈 곳을 찾으면 어쩌나. 효정의 화장이 더 두꺼워져서 마침내 효정마저 삼켜 버리면 어쩌나.

라운지에는 공중전화가 한 대 있었다. 칸막이도 없이 전화기만 덜렁. 전화 카드는 하루에 한 장만 반입된 용돈에서 차감하여 살 수 있다.

칸막이가 없는 전화기 덕에 통화 내용은 간호사와 라운지에 있는 사람 전체에게 생중계됐다. 덕분에 라운지 소파에 앉아 있던 할머니들이 소문을 물어 나르는 근원지이기도 했다.

미래는 오늘도 공중 전화기를 붙들고 있었다.

"오늘 뭐 했어? 왜 전화 안 받았어? 얼마나 바빴는데?"

별하는 미래가 남자를 피해서 왔다고 했지만, 미래가 병동에서 가장 많이 하는 일은 남자들에게 전화 거는 일이었다.

"나 많이 아픈데 내 생각은 하나도 안 했어?"

한 사람이 아닌 여러 명의 남자에게 끊임없이 전화를 걸어 관심을 구걸했다. 외할머니에게조차 버림받은 미래는 외부로 통하는 동아줄에, 전화선 너머로 오가는 가식적인 위로에 매달렸다.

서동후는 어쩌면 미래에게 새로운 전화선인지도 모른다.

효정은 휴게실에 있었다. 진한 화장을 한 효정은 남자 병동을 기웃거리는 중이었다.

"같이 산책할래?"

비취는 효정에게 다가가서 물었다. 힐끗 비취를 본 효정은 싫다는 듯 고개를 저었다가 마음을 바꿨는지 비취 뒤를 따라왔다.

"우리 엄마는 첩이었어요."

벤치에 앉아 얼마간의 어색한 침묵이 흐른 뒤, 효정이 불쑥 묻지도 않은 이야기를 꺼냈다. 첫 마디에서 효정의 지난 과거를 대략 예측할 수 있었는데 과연 효정의 이야기는 흔한 막장 드라마의 전개와 정확히 일치했다.

효정의 아버지는 꽤 탄탄한 건축 회사의 대표였다. 그는 이미 조강지처와 두 아들이 있었지만 젊고 아름다운 효정의 엄마와 대놓고 살림을 차렸다. 바에서 일하던 엄마는 미모와 젊음과 임신을 빌미로 신데렐라의 꿈을 이루는데 성공했다.

하지만 효정이 자랄수록 효정의 엄마는 불안해지기 시작했다. 효정이 점점 그녀를 닮아가기 시작한 것이었다. 오뚝한 코와 커다란 눈, 풍만한 가슴은 본래부터 그녀가 가지고 태어난 것이 아니었다. 솜씨 좋은 성형외과 의사 손에서 새로 창조된 이목구비가 딸에게까지 이어지는 것은 애초부터 불가능했다.

남자는 뒤늦게 알게 된 아름다운 첩의 비밀에 대단히 실망하고 다시 부인과 두 아들에게 돌아갔다. 인고의 세월을 견뎠던 부인은 첩에게 퍼준 모든 것을 회수해 올 것을 명했고 인과응보의 뻔한 결말로 막장 드라마는 끝이 났다.

효정의 엄마는 이 모든 재앙의 근원지를 효정 얼굴에서 찾았다.

"못생긴 딸년이 내 인생을 말아먹고 말았네!"

술에 취한 날이면 밤새 신세 한탄을 하는 엄마를 보며 효정은 절망했다. 효정은 일찍부터 두꺼운 화장으로 얼굴을 숨기는 법을 배웠다. 사춘기를 지나면서부터는 급격하게 살까지 찌기 시작했다. 폭식증 때문이었다. 효정은 다이어트 약을 구해 먹었다. 다이어트와 요요를 반복하다 나비 약을 만났다. 나비 약은 살이 빠지면서 기분도 좋아지게 만들었다. 점차 약의 양은 늘어 갔고 환각에 빠져 거실을 나비처럼 날아다니다가 병동에 오게 된 것이라고 했다.

"나한테 왜 이런 이야기를 하니?"

효정의 긴 이야기가 끝나자 비취는 조심스럽게 물었다.

"언니는 나보다 행복하니까……."

“내가 행복하다고?”

전혀 예상치 못한 답이었다.

“언니는 진심으로 걱정해 주는 엄마가 있잖아요. 돌아갈 곳이 있고. 미래나 나는 여기밖에 없어요.”

효정의 말에 비취는 아무 말도 할 수 없었다. 지금까지 비취는 자신이 행복하다는 생각을 한 번도 해 본 적이 없었다.

“그러니까 동후 오빠는 나에게 주면 안 돼요?”

“누가 누굴 줘. 나는 정말 서동후에게 관심 없어. 서동후도 마찬가지야. 그냥 운동을 함께할 사람이 필요한 것뿐이야.”

‘서동후를 잡아 올까. 산 채로 잡아서 너의 케이지에 넣어 줄까. 그러면 믿겠니?’

비취는 안타까웠다.

“도대체 그 사람이 왜 그렇게 좋은 건데.”

“오빠는…… 동후 오빠는 너무 아름다워요.”

금단 증상으로 항상 흐릿했던 효정의 눈동자에 눈물이 고였다. 효정은 어깨를 들썩이며 얼굴을 묻었다. 비취는 가슴이 먹먹해져서 효정의 어깨를 가만히 감싸 안았다. 비취는 자신이 너무 이성적이라는 점이 슬펐다. 서동후가 효정의 아름다운 왕자님이 되어 주길 기도해 줄 수 없다는 것이 안타까웠다.

아름다운 것들이 가지고 있게 마련인 독(毒)을 서동후는 너무 많이 가지고 있다는 사실을, 맹독이 이미 서동후 자신까지 마비시켰다는 사실을, 그 독을 나눠 마시기에 효정, 너는 너무 소중하다는 걸 부디 더 늦기 전에 깨닫게 되길 기도했다.

비취는 더 이상 탁구대에 서지 않았다. 자신이 살자고 누군가의 숨통을 막히게 할 수는 없는 일이었다.

시간이 느릿느릿 흐르는 사이에도 겨울은 깊어져 바람 끝이 매서워졌다. 병동 창문을 흔드는 칼바람 소리가 종일 윙윙거렸다.

"겨울엔 군고구마에 시원한 동치미 국물이 딱인데."

"달달한 팥죽을 눈 속에 딱 파묻어 놓고 새알심 떠먹는 맛도 좋제."

간식 시간에 모여 앉은 할머니들이 과자를 입에 넣으며 엉뚱한 입맛을 다셨다.

할머니의 사투리와 서로 정답게 나누는 이야기를 들으며 비취는 시골 외할머니집을 떠올렸다. 지금은 돌아가셨지만 어렸을 땐 방학이면 으레 외할머니 집에서 지냈다. 아이가 귀한 시골 동네에 내려가면 동네 어른들의 귀여움을 독차지하곤 했다.

비취는 문득 그 동네에 가 보고 싶다는 생각이 들었다. 아직 살아 계시는 분들이 있으려나. 비취가 다니던 학교에 비하면 장난감처럼 작던 분교도 그대로 있을까.

효정 말처럼 비취는 행복한 사람인지도 모른다. 좋은 추억도 많고, 퇴원하면 가 보고 싶은 곳도 있고, 비취를 기다리는 엄마도 있으니.

"올해는 눈이 별라도 늦구만. 11월이면 한 번쯤 쏟아질 만도 헌디."

창밖을 보던 할머니가 흘러내린 숄을 올리며 말했다.

"안 돼요, 할머니. 첫눈은, 부디 첫눈은 병원 밖에서 맞고 싶어요."

나지막이 중얼거리며 비취는 할머니들과 함께 창문 너머를 바라봤다.

부모님에게 전화 왔다고 간호사실로 불려갔던 별하가 들어오자마자 물구나무를 섰다. 얼굴이 잔뜩 굳어 있었다.

“지구를 떠나는 게 아니라 떼 매고 갈 셈이야?”

거꾸로 서 있는 별하를 바라보며 비취가 물었다.

“그럴 리가. 가기 전에 던져 버릴 거야.”

비취도 별하 옆에 물구나무를 섰다. 순식간에 피가 얼굴로 몰려드는 느낌이 나쁘지 않았다.

“반려자 조각들은 다 찾았니?”

“쉿! 국정원에서 도청하는 것 같아. 미안하지만 가르쳐 줄 수 없어.”

“그럼 지구 탈출 계획은 어떻게 되는 거야?”

별하와 나란히 지구를 들어 올리고 있으려니 병실의 새로운 각도와 만날 수 있었다. 바닥의 먼지 뭉치와 침대 밑에 벗어 놓은 슬리퍼와 문 옆의 휴지통. 우리들의 좌표는 어쩌면 저 위가 아닌 지상의 가장 낮은 곳에 움츠린 작은 것들 옆인지도 모른다. 모든 체중을 떠안느라 고단했던 다리가 낯선 위치에 어리둥절한 채 벽에 기대어 떠 있었다.

“행성은 둥근데 소행성은 왜 울퉁불퉁한지 알아? 어떤 행성의 질량, 즉 중력이 충분하다면 그 행성의 표면에 있는 구덩이는 돌로 메워져서 행성은 둥근 모양이 돼. 반대로 중력이 충분하지 않다면 돌이 아래로 굴러떨어지는 일이 덜

발생해서 질량이 가벼운 소행성들은 이 구덩이를 채우지 못하고 결국 울퉁불퉁한 제멋대로의 모양을 가지게 되는 거야.”

몇 날 며칠 물구나무를 서던 별하는 자세도 흔들림이 없고 호흡도 가쁘지 않았다.

“나는 울퉁불퉁한 채로 있는 게 좋아. 그런데 지구인 부모는 왜 나를 중심으로 데리고 들어가려고 안달을 하는 거지? 난 절대로 중력에 지지 않을 거야.”

여기까지 버티다가 비취는 털썩 지구 중력에 굴복했다.

“별하야, 나는 지구에서 널 응원하는 수밖에 없을 것 같아. 지구를 던져 버릴 때, 잊지 말고 꼭 말해 줘야 해.”

별하가 웃으며 고개를 끄덕였다. 비취는 별하 눈앞에 앉아 별하와 계속 눈을 맞췄다. 조현병 환자의 광기와 천재적인 두뇌가 쏟아내는 별하의 이야기는 너무나 허무맹랑하면서도 논리 정연했다.

“별하야, 나도 데려가 줘.”

“어딜?”

“너의 별에.”

비취의 말에 갑자기 별하가 물구나무를 그만두고 털썩

내려앉았다.

"드디어 기억해 낸 거야? 네가 내 반려자의 파편이란
거."

별하 말에 비취의 눈이 커다래졌다.

"내가 너의 반려자 파편이라고? 무슨 소리니?"

"너의 위대함을, 태초부터 존재한 영원불멸한 고귀함을,
넌 아직 모르겠어? 난 첫눈에 알아봤는데."

별하 얼굴은 진지했다. 비취는 몹시 당황스러웠다. 그동
안 별하가 뭔가 기억나지 않냐고 물었던 이유를 비취는 이
제야 깨달았다.

"나를 그렇게 생각해 주는 건 고맙지만 잘못 짚었어. 난
아냐."

"기억해 내지 못할 뿐이야. 나는 네가 불러서 왔어. 이 지
구별에서 구해 달라고 애타게 나를 찾는 너를 구하러, 내가
왔단 말이야. 함께 가자. 우리의 우주로."

별하가 비취의 손을 덥석 잡았다. 비취는 별하 손을 뿌리
쳤다.

"미안하지만, 별하야. 나는 지구별을 떠날 생각도, 너의
반려자가 될 생각도 없어. 나는 폐쇄 병동에 갇힌 하찮은

지구인일 뿐이야.”

“제발 기억해 봐. 완벽했던 너의 아름다움을, 너의 고귀함을!”

별하는 간절한 얼굴로 외쳤다.

“잘 들어. 나는 지구인 한비취. 한종수 씨와 김애자 씨의 하나밖에 없는 딸이야. 지구를 떠날 생각은 절대로 없어.”

비취는 단호하게 말했다. 별하의 망상에 더 이상 장단을 맞춰 줄 수는 없었다.

별하는 꼼짝하지 않고 비취의 얼굴을 바라봤다. 어색한 침묵만이 흘렀다.

“그래, 맞는 말이야. 넌 지구별에 남는 게 좋겠어.”

한동안 말이 없던 별하가 빙그레 웃었다.

“반려자가 되길 거부하는 널 존중해.”

“고마워, 별하야.”

별하는 명랑한 표정을 되찾으며 자리에서 일어났다.

“나는 지금 우주와의 교신이 필요해.”

손에 묻은 먼지를 탁탁 털어내고 별하는 문으로 향했다.

“아, 지구별을 던지는 건 다시 생각해 볼게.”

문을 열던 별하가 뒤를 돌아보며 씩 웃었다.

보헤미안 랩소디

서동후가 처음 도박을 접한 것은 고등학교 2학년 때였다.

"넌 어때? 얼마 땄냐?"

"다 날렸어. 꽝이야!"

친구들이 스포츠 토토라는 것을 하고 있었다.

"앉아서 하는 스포츠가 어딨어. 직접 뛰고 땀 흘려야 진정한 스포츠지!"

"네가 아직 이 쫄깃한 스릴을 몰라서 그래"

친구들의 말에도 별 관심이 없었다. 동후의 꿈은 농구 선수였다.

잘생긴 데다 키도 크고 모든 운동을 잘했던 동후는 다른 학교 여학생들이 구경 올 정도로 유명했다. 딱히 부러울 게 없는 나날이었다.

"동후야, 이번 경기는 어떨 것 같아? 픽 좀 해 줘."

처음에는 친구들의 부탁으로 조언을 해 주는 정도였다. 스포츠 경기 관람 또한 취미였기 때문에 경기 결과를 예측하는 감각이 예민한 편이었다. 동후가 픽해 준 대로 배팅해서 돈을 따는 경우가 늘면서 친구들은 앞다투어 동후에게 의견을 물었다.

친구 중 한 명이 밥을 산다며 동후와 패거리들을 불러냈다. 학생으로서는 엄두도 나지 않을 정도로 고급 패밀리 레스토랑이었다.

"뭐냐, 너 엄카 받았냐?"

어리둥절하며 자리에 앉자 친구가 불쑥 동후의 손을 잡았다.

"고맙다! 다 동후 네 덕이야."

"뭔데, 어떤 게 내 덕인지 알고나 먹자."

"니가 픽해 준 곳에 배팅했어. 만 원 배팅했는데 120만 원이 입금됐더라고."

"대박!"

친구는 2차로 노래방을 데려갔다. 맥주와 비싼 안주가 계속 들어왔다. 누가 봐도 고딩들이었지만 사장은 모른 척했다. 밤새도록 마시고, 노래를 부르고, 여자 친구도 몇 명 불러내 신나게 놀았다.

그날 이후, 동후의 삶은 바뀌었다. 픽을 해 주면 떨어지는 떡고물에 감격할 이유가 없었다. 직접 뛰어들었다. 친구들과 단체 팸을 만들어 정보를 교환하고 공격적으로 배팅을 시작했다. 작은 돈이었지만 제법 쏠쏠하게 용돈 벌이가 됐다. 픽이 적중하는 순간, 온몸에 느껴지는 짜릿함은 동점인 경기 종료 직전 3점 슛에 성공하는 그 짜릿함과 비슷했다.

도박의 세계는 넓고 무궁무진했다. 사다리 게임, 달팽이 경주, 홀짝 게임, 타조 게임……. 인터넷에는 도박 게임이 널려 있었다. 50 대 50의 승률과 5분 안에 결과가 나오는 속도감은 스포츠 토토에 비할 바가 아니었다. 배팅 결과를 기다리는 동안 쫄깃해지는 심장. 동후의 심장은 더는 농구 코트에서 뛰지 않았다. 어두운 피시방과 자신의 방 안에서 뛰었다. 배팅만 잘하면 몇십만 원쯤은 우습게 벌어들일 수 있었으니 동후는 자신이 진정한 어른이 된 듯 뿌듯했다.

물론 날마다 딴 것은 아니었다. 유독 운이 좋지 않았던 어느 날 소파에 던져 놓은 아버지의 양복 주머니 사이로 지갑이 보였다. 동후는 홀린 듯 지갑으로 다가갔다. 아버지 지갑엔 현금이 두둑했다. 지갑에서 5만 원권 몇 장을 빼냈다. 그날 밤 서동후는 6백만 원을 땄다. 설마 하는 마음으로 배팅한 20만 원이 6백만 원이 되는 데는 10분도 걸리지 않았다. 단체 팸에서 난리가 났다.

"역시 넌 타고난 딜러였어. 마이더스의 손 인정!"

서동후는 영웅이 됐다.

발이 땅에서 둥둥 떠 있는 느낌이었다. 공사판에서 일하는 노동자들이나 길에서 좌판을 놓고 파는 사람을 보면 한심하기까지 했다.

"이런 신세계를 모르고 구질구질하게 살다니. 사람은 역시 영리하게 살아야 해"

세상이 너무 만만해 보였다. 하지만 동후가 6백만 원을 날리는데 꼭 일주일이 걸렸다. 잔액 0을 보는 순간 동후의 머리가 하얘졌다. 부모님의 지갑을 몇 번 더 털었다가 들킨 후론 돈을 마련하기는 더욱 쉽지 않았다.

동후는 아이패드는 물론 돈 되는 물건들은 중고 사이트에 내다 팔기 시작했다. 나중엔 친구들의 에어팟이나 비싼 운동화를 훔쳐다가 팔기도 했다. 새로운 선수를 영입해 오면 주는 꽁지 머니를 받기 위해 친구들을 꼬드겨 게임에 가입하게 했다. 그럼에도 빚은 눈덩이처럼 불어났다.

궁지에 몰린 동후는 생전 연락도 안 하던 외삼촌에게 전화했다.

"죄송하지만 이유는 묻지 마시고 50만 원만 빌려 주세요. 알바해서 갚을게요."

"녀석, 뭔가 책임져야 할 일이 생긴 모양이구나."

그 말이 무슨 뜻인지 대충 짐작이 됐지만, 외삼촌이 어떤 오해를 했건 상관없었다. 외삼촌은 당장 계좌로 50만 원을 입금해 줬고 부모님에게 알리지도 않았다.

살다 보면 이런저런 일을 겪으면서 크는 거다. 갚을 생각하지 말고 힘내!

오히려 동후에게 응원의 문자까지 날아왔다.

'바로 이거구나!'

동후는 사돈의 팔촌까지 전화했고 순식간에 몇백만 원이 통장에 찍혔다. 날 듯이 피씨방으로 가서 며칠 만에 다

털어먹었다.

빚은 무서운 속도로 늘어났다. 종일 독촉 문자와 협박 문자가 왔다. 동후는 거대한 수렁에 빠진 기분이었지만 도저히 헤어 나올 수 없었다. 수익이 아니라 빚만 해결돼도 이 지옥에서 빠져나올 것 같았다.

몇 번의 기회가 있긴 했다. 몇만 원으로 5백만 원을 번 적도 있었다. 급한 돈 3백만 원을 갚고 나머지 2백만 원으로 게임을 했다. 한 시간 만에 다시 6백 50만 원의 빚이 생겼다. 부모님의 주민등록번호와 카드로 대출을 받는 것은 생각보다 쉬웠고 빚은 드디어 천만 원을 훌쩍 넘어 버렸다. 동후는 절대 돈을 딸 수 없는 구조란 걸 진작 눈치챘지만 멈출 수가 없었다.

친척 중 누군가 부모님에게 전화했다. 도용한 아버지 카드도 들통이 났고 모든 사실을 알게 된 아버지는 길길이 날뛰었다.

마침 동후는 고3이었다. 입시 스트레스 때문에 잠시 방황하다 친구들의 꼬임에 넘어간 거라고 둘러댄 것이 먹혔다. 부모님은 도박을 끊겠다는 동후의 맹세를 믿고 모든 빚을 갚아 주었다.

동후는 한동안은 정신을 차린 듯 공부에 매진했다. 머리가 나쁜 편이 아니어서 적당히 좋은 대학에 들어갈 수 있었다. 그토록 그리워하던 빚이 없는 나날. 평온하고 안락한 날들이었다.

어느 날 전공 과목 리포트를 쓰던 동후의 손가락이 떨렸다. 머그컵을 쥐려던 손이 떨려서 커피를 쏟을 뻔했다. 아까부터 동후의 귀를 자극하는 소리. 텔레비전에서 로또 추첨 볼이 돌아가고 있었다. 가슴이 뛰기 시작했다. 예전에 들었던 그 짜릿하고 긴장감 넘치던 소리가 동후의 귀에서 어지럽게 울렸다. 당첨을 외치는 경쾌한 팡파레 소리가 귓바퀴를 돌며 윙윙댔다.

"딱 한 판만!"

모든 도박꾼이 하는 거짓말로 스스로를 속이며 동후는 컴퓨터 앞에 앉았다. 그리고 단 몇 달 만에 완벽하게 고등학생 때의 상황으로 돌아갔다. 만 원짜리 한 장도 제대로 만져 보지 못했지만 빚은 그때보다 몇 배로 쌓여 버렸다.

비가 억수같이 쏟아지는 날이었다.

"비보다는 눈이었으면 좋았을 텐데."

동후는 하늘을 보며 나지막하게 말하며 집을 나섰다. 폭설이 내려 아무도 찾을 수 없게 된다면 마지막이 좀 덜 부끄러울 수 있을까. 동후는 마트에 들러 소주 두 병을 샀다. 괜한 의심을 받을까 싶어서 번개탄은 다른 마트에서 샀다. 동후는 주머니에서 아버지 차 키를 꺼냈다.

'죄송해요, 아버지. 달리 다른 장소를 찾기가 힘들었어요.'

동후는 아버지 차에 들어가 휴대폰을 열어 음악을 틀었다. 퀸의 보헤미안 랩소디. 마지막을 함께 하기에 좋은 음악이다.

Mama, life had just begun,

엄마, 인생은 지금 막 시작됐지만

but now I've gone and thrown it all away.

난 지금 모든 걸 버리고 떠나려 해요.

알코올이 몸에 퍼지며 노곤해지자 용기가 났다. 다시 한 병을 더 마시고 동후는 번개탄에 불을 붙였다. 비 때문에 눅눅해진 탓인지 생각보다 불이 쉽게 붙지 않아서 애를 먹었다. 그 대신 연기는 더 많이 올라왔다.

순식간에 차 안은 연기로 가득해졌다.

I don't wanna die.

난 죽고 싶지 않아요.

I sometimes wish I'd never been born at all.

난 가끔 내가 아예 태어나지 않았더라면 하고 바라요.

정신이 들었을 때, 동후는 병원 응급실이었고, 응급실을
나와 도착한 곳이 바로 '더 하얀'이었다.

참을 수 없는 감정에 휘말리면 동후는 병동 여기저기를 다
녔다. 산책로며 활동 센터, 휴게실…… 닥치는 대로 걸었다.

도박 중독자는 휴게실의 의자에 앉을 수 없었다.

"승부욕을 자극할 수 있는 모든 놀이는 안 됩니다. 바둑,
오목, 카드놀이, 공기놀이도 하시면 안 됩니다."

환자를 위한 각종 오락 용품이 놓여 있는 휴게실 테이블
에 동후가 앉을 수 없는 이유였다.

답답하고 힘든 나날이 이어졌다. 무작정 병동을 쏘다니
는 것도 쉬운 일이 아니었다. 미래와 효정, 두 학생이 자꾸

자신의 뒤를 따라다닌다는 것을 느꼈기 때문이었다. 동후는 자신을 잘 알고 있었다. 자신은 누군가에게 사랑받을 자격도, 사랑할 자격도 없다는 것을 말이다. 동후는 두 아이를 피해 다녔다. 특히 효정이라는 학생의 눈빛은 너무 간절해서 그 눈이 마주칠 때마다 죄스러운 마음마저 들었다.

병동의 환자들은 모두 비슷한 크기와 절망을 껴안고, '그럼에도 불구하고' 모두 나름의 방식으로 살기 위해 노력하고 있었다. 절망의 틈 사이를 걷고 또 걸으며 동후는 마침내 한 가지를 깨달을 수 있었다.

'그럼에도 불구하고'의 기적. 살아 숨 쉬는 것이 끔찍해서 목숨을 끊으려고 했던 동후는 그럼에도 불구하고, 살아 있다는 것에 감사하기로 했다. 그 말에 기대어 기적을 믿어 보기로 했다.

동후는 비취를 찾아갔다.

"괜찮으시다면 지금 탁구 치실래요."

병동이 시끄러웠다. 될 수 있으면 무관심 하려고 애썼지만 오늘은 동후도 신경이 쓰였다.

미래라는 학생이 자해 소동을 벌였다고 했다. 자해 도구가 마스크라던가. 마스크로 어떻게 팔을 긁을 수 있는지 의 아했지만. 마스크 속에 작은 철사가 있다는 사실을 뒤늦게 깨달았다. 동후는 늘 공중전화에 매달려 있던 그 작은 아이가 걱정스러웠다.

또다시 공중전화 앞에 앉아 있는 미래를 발견하자 동후는 망설이다가 다가갔다.

"어머나! 동후 오빠다!"

동후를 보자 미래는 수화기를 내려놨다. 금방 자해를 한 아이답지 않게 밝은 얼굴을 했다.

"왜 그런 건지 물어도 돼요?"

미래의 팔에 감겨 진 붕대를 가리키며 물었다.

"이유를 찾으면 얼마든지 있고 바른대로 대라고 하면 댈 게 없고 그래요."

도박하는 이유와 비슷했다. 땄다는 이유로, 잃었다는 이유로, 누군가 기분 나쁜 말을 했다는 이유로, 비가 온다는 이유로, 김치찌개가 너무 짜다는 이유로, 아주 사소한 이유가 중독 앞에서는 할 수밖에 없는 변명이 되기에 충분했고 그것은 자신 나약한 자신을 위한 뻔뻔스러운 면죄부였다.

"알겠지만 나도 중독으로 들어왔어요. 내가 할 말은 아니지만 깊어지기 전에 좀 더 안전한 걸 찾아보면 안 돼요?”

중독자가 중독자에게 느끼는 연민. 동후는 진심으로 미래가 자신과 같은 늪에 빠지지 않길 빌었다.

“안전한 일로 어떻게 스트레스를 풀어요. 왜 일탈이라는 말이 있겠어요. 뭐든 정해진 일에서 벗어나고, 하지 말라는 일을 해야 막힌 데가 뻥 뚫리는 거죠.”

“그래서 뻥 뚫렸어요?”

그럴 리가 없다는 것 또한 동후는 알고 있다.

“저 곧 퇴원할 것 같아요. 정확히 말하면 쫓겨나요. 강제 퇴원시킨대요.”

애써 웃던 미래의 얼굴에 그늘이 졌다.

“강제로? 집으로 가는 건가요?”

“아뇨. 집에 못 가요. 할머니가 양육 포기했다고 안 받아 준대요.”

“설마……. 그럼 어디로 가는 건가요?”

“지방에 있는 청소년 시설요. 가출 청소년이나 성매매 소녀들, 또 나처럼 요주의 환자들 순화하고 교육시키는 곳이라던데. 히, 완전 빡센 곳인가 봐요.”

남의 이야기를 하듯 말하며 미래는 체념한 듯 웃었다. 동후의 가슴에 찬바람이 쌩 불면서 코끝이 시큰해져 왔다.

"그런 표정 짓지 마요, 오빠. 난 괜찮아. 뭐, 거기도 사람 사는 데겠죠."

하지만 미래의 눈에 곧 눈물이 차올랐다.

"나 무서워. 무서운데, 무서워하면 안 되는 거죠. 결국 내가 이렇게 만든 거야. 정신 병원에서조차 쫓겨나게……. 내가 너무 한심해요."

"아니에요. 학생 탓이 아니에요."

동후는 그 말만 계속 반복했다.

'미래야, 절대 니 탓이 아니야. 앞으로도 니 탓이 아니어야 해.'

미래의 등을 토닥여 주며 동후는 속으로 울었다.

안녕

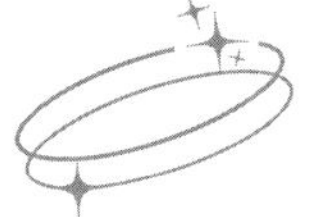

미래가 '더 하얀'을 떠나는 날 아침부터 겨울비가 내렸다.

햇쑥한 얼굴의 미래가 마지막으로 방을 정리하고 나왔다. 어깨에 멘 작은 배낭과 손에 든 가방. 열다섯 살 소녀의 짐이 너무 초라했다. 효정은 병동에 들어온 후 처음으로 화장하지 않은 민낯으로 배웅을 나왔다.

"이게 누구니? 민효정 맞아? 와아! 드디어 쌩얼을 보는구나. 화장 안 하니까 훨씬 예쁘다."

미래는 부러 더 떠들썩하게 탄성을 질렀지만 효정도, 비취도, 아무도 웃지 않았다. 효정은 금방이라도 울 듯한 표정으로 미래의 옷자락을 잡아당기기만 했다.

별하가 보이지 않았다. 미래가 떠난다는 소식을 들었을 텐데 아침 일찍부터 어디로 사라졌는지 안 보였다.

"뭐야, 별하는 작별 인사도 안 할 셈인가?"

미래는 아쉬운 듯 사방을 두리번거렸다.

"내가 찾아볼게."

"아니에요, 비취 언니. 별하 성격 알잖아요. 일부러 피한 거야. 괜히 얼굴 보면 걔 그러다 또 우울증 와. 가서 내가 전화할게요."

별하가 보이지 않는 대신 뜻밖에 서동후가 배웅을 나왔다. 서동후는 별다른 말 없이 멀리서 미래를 바라보기만 했다. 미래가 동후를 발견하더니 효정의 손을 잡고 서동후에게 다가갔다.

"나와 주셔서 감사해요. 떠나는 마당이니까 대놓고 부탁 하나 할게요. 우리 효정이 잘 부탁해요."

효정의 얼굴은 빨개졌고 서동후는 잠시 당황하더니 고개를 끄덕여 주었다.

"약속했어요! 꼭 지켜요."

미래는 서동후 옆에 효정을 세웠다.

"우아. 생각보다 잘 어울리는데요. 민효정, 화장 너무 진하게 하지 마. 동후 오빠는 화장 진하게 하는 여자 별로 안 좋아한대. 그쵸?"

효정은 그런 미래를 보면서 눈물을 뚝뚝 흘렸다.

"건강하게 잘 지내야 해. 꼭!"

비취는 자신의 전화번호를 적은 쪽지를 미래의 손에 쥐어 줬다. 정신 병원에서는 서로의 연락처를 주고받으면 안 된다는 것이 불문율이지만 비취가 줄 수 있는 것은 그것뿐이었다. 미래가 잡을 수 있는 전화선.

"남자애들한테만 전화하지 말고 힘들 때 나한테도 전화해."

"히. 빨리 나아서 퇴원해요. 그래야 내 전화 받죠."

미래는 샐쭉 웃으며 쪽지를 받아 주머니에 넣었다. 비취는 반기는 곳 하나 없이 떠돌아야 하는 가여운 미래의 손을 꼭 잡았다. 얼음처럼 차디찬 작은 손을 오래오래 잡아 주고 싶었다.

"승합차 도착했어요. 어서 나와요."

간호사가 부르는 소리에 미래가 손을 빼고 걸음을 옮겼다.

"이제 진짜 갈게요."

돌아서는 미래의 어깨가 너무 작았다.

"미래야! 내가 퇴원하면 꼭 찾아갈게. 내가 갈게!"

비취는 큰소리로 외쳤다. 미래가 돌아보면서 웃었다. 눈물이 그렁그렁한 채.

"잘 가, 미래야."

효정이 털썩 주저앉아 서럽게 울기 시작했다.

떠나는 미래의 어깨도 들썩였다. 미래가 완전히 사라질 때까지 아무도 자리를 뜨지 못했다.

예상대로 별하는 노래방에 있었다. 언제부터 불렀는지 갈라지고 잠긴 목소리가 조용히 노래방 밖으로 흘러나왔다. 비취는 노래방에 들어가지 못하고 그냥 밖에 앉아 노래를 들었다.

끊어질 듯 말 듯 이어지던 노랫소리 대신 음악 소리만 들려오기도 했다. 누군가 옆에 앉았다. 효정이었다. 효정은 여전히 눈물범벅인 채였다.

겨울비는 멈추지 않고 종일 내렸다.

모든 것이 폐쇄됐기에 문을 열 수 있는 곳은 서로의 가슴밖에 없는 이곳. 가장 뜨겁고 치열하게 아픈 시간을 함께 나누고 있는 우리.

별하의 노래와 효정의 눈물과 미래의 슬픔이 무겁고 끈적하게 내려앉았다.

미래의 걱정대로 별하는 하데스가 지배하는 시기, 우울의 시기로 접어들었다. 별하는 조증과 울증, 그 격차가 일반인과는 너무 달라서 지독한 멀미를 한다고 했다. 커다란 낙폭으로 떨어지면서 매번 온몸이 박살 나는 느낌을 경험한다고 했다. 박살 난 몸의 파편 조각이 사방으로 뒹구는데 그걸 주울 힘이 없다고. 별하의 반려자가 조각났다는 망상과 조현병은 거기서부터 비롯됐는지도 모른다.

별하의 우울 기간에 접어들면 병동 전체가 생기를 잃은 듯 조용했다. 병동에서 유일하게 명랑한 옥타브를 유지하고 있는 별하는 테이블 위 꽃병과도 같은 활력소였다. 이곳저곳을 돌아다니며 이야기를 나누고 깔깔거리는 별하를 보는 것만으로도 기분이 훨씬 나아지곤 했다.

"별하 학생은 좀 어찐가? 버르장머리가 없긴 해도 그 학생이 정신없이 돌아댕겨야 사람 사는 데 같아지는디."

할머니들도 걱정스러워하며 비취에게 별하의 안부를 물었다.

미래가 떠난 후 효정도 병실 밖으로 거의 나오지 않았다.

식사 시간이 되면 비취는 별하와 효정을 억지로 일으켜 식
당으로 끌고 내려갔다. 효정은 식판을 앞에 두고 글썽이기
일쑤였다.

12월에 접어들고 말았다. 아직 첫눈은 내리지 않았다. 지
구 온난화 때문인지 하늘은 변덕이 충천하여 12월에 느닷
없이 봄날처럼 포근했다가 다음 날이면 수돗물이 얼 정도
로 추운 바람을 씽씽 불어 댔다. 이제 비취도 입원 세 달이
되어 간다.

별하가 침대 밖으로 나왔다.

"배가 고프다."

드디어 하데스의 시기를 건너 온 건가. 별하의 목소리에
서 생기가 돌았다. 이번엔 우울의 시간이 유독 길고 깊었다.

"비스킷이랑 아침에 나왔던 주스 안 먹고 가져온 거 있
는데 그거라도 먹을래?"

비취는 반가운 마음에 간식을 내밀었다.

"응."

별하는 비취가 내민 비스킷과 주스를 맛있게 먹었다.

"기운을 차려서 다행이다."

“이제 샤워 해야겠다. 몸이 발효되는 것 같아. 큭!”

별하가 통통거리며 수건을 들고 공동 세면장으로 갔다.

병동엔 공동 세면장이 있었다. 병실에 있는 화장실에선 볼일을 보고 간단한 세수만 할 수 있었고 샤워를 하려면 공동 세면장으로 가야 했다. 긴 줄이 있는 드라이기는 간호사실 앞에서만 쓸 수 있었다.

별하는 깨끗하게 샤워를 하고는 남자들이 하는 것처럼 짧은 머리를 탈탈 털며 나타났다. 샴푸 냄새가 은은했다.

“반려자의 파편들을 모두 찾았어. 이제 내 행성으로 돌아가기로 마음먹었어.”

별하가 생글거리며 말했다. 기분이 아주 좋아 보였다.

“다행이네. 근데 행성에는 어떻게 가?”

“분자로 흩어져 대기권 밖으로 나갔다가 광선속을 타고 이동해.”

며칠 동안 별하의 이불 속에서는 무슨 일이 벌어졌던 걸까. 그토록 찾아 헤매던 반려자의 파편들이 이불 속에 흩어져 있기라도 했던 걸까.

“존재한다는 것이 뭐라고 생각해?”

갑작스러운 질문에 비취는 금방 답을 찾지 못하고 머뭇

거렸다.

"너와 내가 지금 여기 있는 것?"

"좋은 답이네."

별하가 씩 웃었다.

"너와 나. 비취와 별하는 정말 존재하는 걸까?"

이번 질문은 정말 자신 없었다.

"모든 것은 있지만 없어. 그래서 있다는 것은 곧 없다는 것이고, 없다는 것은 있다는 말이야."

엉뚱한 별하 말에 비취는 픽 웃었다. 드디어 낭만자객의 별하다.

"나의 반려자 역시 있지만 없고, 없지만 있어. 모든 것은 각각이면서 또한 동일한 거야. 절대적인 것, 극과 극은 하나거든. 절대는 무엇에 의존하지 않아. 모든 것은 본래부터 있었어. 나는 태어나기 전에도 존재했고, 존재를 시작한 적 없이 존재해. 그러므로 나의 반려자는 내 안에 있었던 거야. 나는 바보같이 그동안 바깥에서 반려자를 찾고 있었지 뭐야."

이불 속에서 별하는 철학적 사유를 하고 있었고 마침내 반려자를 찾아냈다. 별하가 천재가 아닐까 하는 의심은 확신으로 굳었다.

"그럼…… 너도 퇴원하는 거야?"

"응, 곧."

별하가 활짝 웃었다. 하지만 비취는 같이 웃을 수 없었다. 별하가 퇴원해 버린다면 비취야말로 이불 속에서 동면하게 될지도 몰랐다.

"잘됐다. 축하해."

애써 다독이며 기쁜 미소를 지었다.

"그 칙칙한 팔찌는 벗어 버리고 이걸 껴. 스님도 아니고 순 회색은 뭐야."

별하가 팔에 끼고 있던 소원 팔찌를 빼서 비취에게 내밀었다. 알록달록 화려한 별하의 팔찌.

"난 존재로서 존재하지 않기 때문에 어디든 존재할 수 있다는 거 명심해."

"그래, 명심할게."

비취는 회색 팔찌를 빼고 별하의 팔찌를 팔목에 꼈다.

"슬퍼하지도 말고, 자책하지도 말고. 언니 덕분에 마지막 지구별 생활은 좋았어."

"언니라고 했니?"

병동에 들어와 별하가 처음 언니라고 불렀다.

"미안해……. 비취 언니."

별하는 그날 밤 분자로 흩어졌다.

다음 날 아침 공동 세면장에서 샤워기 줄로 목을 감은 별하가 발견되었고 이미 싸늘하게 식은 채였다.

이 또한, 지나가리

비취는 지독한 감정의 파도에 휩싸였다.

'별하 너는 어떻게 그렇게 잔인할 수 있었니. 죽음을 결심한 사람이 그렇게 맑은 얼굴을 하고 명랑하게 말해도 되는 거니? 내가 뭘 그렇게 잘못했어? 도대체 왜!'

온갖 사사로운 일들이 발톱을 세우고 달려들어 비취를 칭칭 옭아맨 채 놓아 주지 않았다. 돌이켜 보면 그날 별하가 비취에게 전한 한 마디 한 마디 안에 죽음의 복선은 난무했다.

미안해, 비취 언니…….

그 말을 주의 깊게 생각했어야 했다. 어디든 존재할 테니 울지 말라는 말. 그것이 마지막 인사라는 걸 눈치챘어야 했다. 자신이 조금만 더 예민했다면 별하의 죽음을 막을 수 있지 않았을까. 비취는 자신의 무심함을 저주했다.

별하가 영안실로 떠나던 날, 닥터 김이 비취를 찾아왔다. 늘 차분함을 잃지 않던 닥터 김의 눈동자도 초점을 잃고 휑했다.

"의사라면서 왜 지키지 못했어요! 그렇게 잘난 척하더니 왜 막지 못 했냐고요!"

그것은 비취 자신을 향한 울부짖음이기도 했다. 하지만 비취는 알고 있었다. 의사도 간호사도 그날의 별하를 막을 수는 없는 일이었다. 야간에도 병실 문을 열어 환자들이 잘 자고 있는지 확인하는 간호사의 눈을 피하기 위해 별하는 자신의 침대에 옷을 뭉쳐서 이불로 덮어 두었다. 그러고는 마치 쇼생크 감옥을 탈출하는 죄수처럼 세면장으로 가 목을 맨 것이다.

"모든 게 다 내 잘못이야. 절대 너의 잘못을 찾아내지 말아라. 흔들리면 안 돼. 이런 일을 겪게 해서 미안하구나."

닥터 김의 말은 위로가 되지 못했다. 아무리 비취의 탓이 아니라고 말해도 닥터 김이 아니라, 간호사들이 아니라, 별

하의 부모님이 아니라, 그날 밤 별하를 살릴 수 있었던 건
바로 자신이었다.

얼마나 두려웠을까. 샤워기로 목을 감는 순간, 얼마나 외
로웠을까. 얼마나 힘들었을까.

병동으로 경찰들이 오고 갔다. 비취 역시 조사를 받아야
했다.

"한비취 학생은 지금 극도로 불안정한 상태에요. 담당의
로써 절대 허락할 수 없습니다."

닥터 김은 조사를 막았지만, 룸메이트인 비취에 대한 조
사는 피할 수 없는 일이었다. 결국 닥터 김이 함께 참석하
여 경찰서가 아닌 병동 면담실에서 진행됐다. 조사를 받는
내내 비취는 아무 말도 하지 않았다. 미친년이 된다는 건
가끔 정말 효과적인 방패막이 되기도 한다. 같은 질문을 하
는 경찰 앞에서 머리를 움켜쥐고 괴로운 표정을 지었더니
닥터 김이 취조를 종료시켰다.

별하의 아빠는 병원으로 쫓아와서 난동을 부렸다. 그렇
게 해서 별하가 살아 돌아올 수 있다면 얼마나 좋을까. 별
하 엄마는 면회가 되지 않는 폐쇄 병동 앞에서 몇 날 며칠

을 울었고, 닥터 김은 조심스럽게 비취에게 별하 엄마를 만나 줄 수 있겠느냐고 물었다.

애자 씨. 비취는 엄마가 생각났다. 비취가 만약 같은 일을 겪었다면 엄마는 어떨까. 얼마나 고통스러울까. 자신이 무슨 도움이 될 수 있을까 싶었지만 비취는 별하 엄마를 만나기로 했다.

"정말 아무 말도 하지 않았니? 우리 별하가 엄마에게 전하라는 말 같은 것도 없었니? 정말 없었니?"

비취를 보자 덥석 손을 잡으며 간절한 얼굴로 묻는 별하 엄마 얼굴에 별하가 떠 있었다. 아마도 별하가 살아서 나이를 먹으면 저런 얼굴이 될 것이다. 비취는 눈물이 핑 돌았지만 참았다. 자신까지 울면 이미 눈물에 젖어 온 이 가련한 엄마가 익사해 버릴 것 같았다.

"별하는…… 존재한다고 했어요. 어디서든 어느 곳에서든 늘 존재하겠다고요. 슬퍼하지도 말고, 자책하지도 말라고요."

별하의 엄마는 어깨를 들썩이며 울었다.

"쌀쌀맞게 대했지만 사실은 엄마가 있어서 좋았다고…… 다행이었다고요."

언니가 있어서 좋았다는 말을 했다고, 그 말 외에 부모님에게 남긴 말 같은 건 없었다고. 그런 말을 비취는 차마 할수 없었다.

"이거, 별하가 직접 만든 소원 팔찌에요. 만들면서 엄마 준다고 했었어요."

비취는 소원 팔찌를 별하 엄마에게 돌려주었다. 처음부터 팔찌의 주인은 별하 엄마였을 것이다. 차마 전하지 못한 별하의 마음이었을 거라고 비취는 그렇게 믿기로 했다.

별하 엄마가 비취의 말을 믿었는지 안 믿었는지 알 수 없지만 팔찌를 꼭 쥐고 오열하던 그녀의 얼굴을 비취는 평생 잊을 수 없을 것 같았다.

별하의 사인은 자살로 마무리됐다. 병원장이 사임을 했고, 그날 당직을 섰던 간호사도 그 뒤로 보이지 않았다. 태풍과도 같은 날들이 병동을 할퀴고 지나갔다.

별하는 결국 자기만의 방식으로 별로 돌아갔다.

'춥진 않니? 별하야, 거기서 행복하니? 중력으로부터 이제 자유로워졌니?'

별하가 이불 속에서 찾았을 답을 비취도 이불 안에서 찾아 보려고 했다. 이불 안으로, 안으로 파고 들어가 답을 찾기 위해 노력했다.

"언니."

효정이 비취를 찾아왔다. 미래와 별하가 떠난 후, 혼자 남은 효정. 효정의 얼굴을 바라볼 수 없었다. 비취나 효정, 둘 다 아직은 상처가 너무 커서 서로를 위로할 입장이 못 되었다.

"미래가 그렇게 시도했어도 성공하지 못한 걸 별하는 한 방에 성공하고 말았네."

효정은 별하의 빈 침대에 걸터앉아 넋두리하듯 중얼거렸다. 비취는 부스스 일어나 효정 곁에 가서 앉았다. 효정은 울었고, 비취는 효정에게 어깨를 빌려주는 것으로 위로를 대신했다.

정규 면담 시간에 가지 않자 닥터 김이 직접 병실로 면담을 왔다.

"병실을 바꾸면 어떻겠니. 102호는 아무래도 여러 가지 생각에서 벗어나기 힘들 것 같다."

좋은 생각이었다. 비취는 당장 일어나 자리를 옮겼다. 바로 옆, 별하 침대로 말이다. 별하 침대로 자신의 침구를 옮기고 웅크리고 누운 비취를 닥터 김은 말리지 못했다. 별하가 쓰던 이불과 요를 걷어가 버려서 매트만 있었지만 그래도 아직은 어딘가에 별하의 체온이, 수다가, 허풍이, 눈물이 남아 있을 것 같았다.

진작 옮길 걸 그랬다. 비취는 비로소 별하의 행성에 들어간 기분이 들었다.

비취가 이불 밖으로 나와 가장 먼저 한 일은 물구나무서기였다. 별하처럼 비취도 지구의 중력을 거슬러 볼 작정이었다. 지구의 중력은 여전해서 다리에 몰려 있던 피를 금방 얼굴로 끌어들였다. 얼굴이 터질 듯 부풀어 오르는 동안 비취의 머릿속엔 갖가지 생각들이 파노라마처럼 스쳤다.

복희 언니와, 미래와, 효정과, 서동후와 그리고 별하를 생각했다. 복희 언니는 새와 함께 술 한잔 나누고 있을까. 미래는 잘 적응하고 있을까. 또다시 새로운, 창의로운 자해도구를 찾으면 어쩌나. 효정은 퇴원하면 어디로 가야 할까. 효정의 엄마는 화장하지 않은 뽀얗고 맑은 얼굴의 효정을 사랑해 줄까. 서동후는 중독의 늪에서 빠져나올 수 있을까. 별하는, 분자로 흩어져 버린 그리운 별하는…… 새로운 빛으로 다시 지구별을 찾아와 줄까.

문득 비취는 이름 하나를 떠올렸다.

아, 잊고 있었다. 놈을, 놈을 잊고 있었다. 잠시 머리에서 지진이 일어나는 듯 어지러웠다. 비취는 지구를 내려놓고 앉았다. 무거운 지구가 빙그르 돌다가 제자리로 돌아갔다. 변시후. 놈을 잊고 있었다니. 평생 죽는 순간까지 단 한순간도 놈을 잊지 못하리라 비취는 생각했었다.

'한심한 한비취. 그동안 무얼 했던 거지? 이렇게 잊을 수 있는 이름이었는데, 기어이 잊지 않겠다고 날마다 되새김질하고 있었단 말야?'

비취는 눈물을 흘렸다. 앞으로 일어날 일에 대한 불확실한 확실성. 살면서 이보다 더한 고통과 절망과 슬픔이 얼마든지 있겠지만 비취는 분명히 깨달았다.

이 또한 지나가리.

영원한 건 없다. 행복도, 사랑도, 불행도, 슬픔도, 절망도.

인생 전체를 놓고 무게를 가늠해 본다면 확실히 놈은 먼지에 불과했다. 인생을 짓누르기에는 놈이 너무 가볍다!

갑자기 배가 고팠다. 맹렬한 허기였다. 별하가 침대에서 나오자마자 배가 고프다고 했던 이유를 알 것 같았다. 비취는 식사 시간까지 간신히 기다렸다가 식당으로 달려갔다.

“안녕하세요!”

비취는 그동안 익숙해진 환자들에게 큰 소리로 인사를 했다. 누구는 의아하게, 누군가는 시큰둥하게, 더러는 반갑게 비취의 인사를 받아 줬다.

“안녕?”

효정에게도 인사를 건넸다. 화장하지 않은 뽀얀 효정의 얼굴을 보니 반가웠다.

“안녕하세요?”

효정의 뒤에 서동후가 있었다. 비취가 인사를 건네자 서동후가 멋쩍게 웃었다. 효정과 서동후. 좋아 보였다. 다행이었다.

“오늘은 기분이 괜찮아졌어요?”

“응. 배고파. 뱃가죽이 등에 붙어서 안 떨어져.”

비취는 허리를 구부정하게 하고 배를 문지르며 웃었다.

“감사합니다!”

배식을 받으면서도 깍듯한 인사도 잊지 않았다. 오늘의 메뉴는 두부조림에 취나물과 깍두기, 구운 고등어 반 토막, 북엇국이었다. 비취는 북엇국에 밥 한 숟가락을 수북하게 떠서 말았다. 그리고 식판에 머리를 박고 우걱우걱 먹기 시작했다. 그런 비취를 멀뚱히 바라보던 효정이 툭 한 마디를 건넸다.

"언니, 꼭 별하처럼 밥을 먹네."

깍두기를 씹다가 그대로 멈췄다. 비취의 어금니에서 부서지던 깍두기 조각 하나가 목구멍으로 넘어가 목에 걸리고 말았다.

"켁! 켁!"

효정이 비취에게 물컵을 건넸다. 물컵을 받아들고 꿀꺽꿀꺽 물을 삼키다가 비취는 갑자기 눈물이 핑 돌아서 컵에서 입을 떼지 못했다. 간신히 목구멍에 걸린 눈물과 깍두기 조각을 삼키고 컵을 내려놓았다. 비취는 천천히 나머지 깍두기 조각을 씹었다. 단단한 별하 이름이 와그작와그작 씹혔다.

"확실히 여기 영양사는 획기적인 각성이 필요한 것 같죠?"

허겁지겁 음식을 먹어 치우기 바빴던 효정이 젓가락으로 비쩍 마른 고등어를 쿡쿡 찌르며 말했다. 언제 어디든 존재할 거라던 별하의 말이 맞았다. 효정 옆에도, 비취 옆에도 아직 별하가 있었다.

웰컴 투 헬

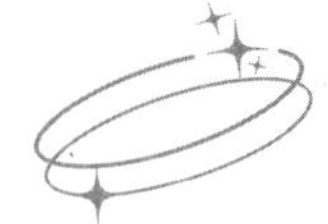

아침부터 들뜬 목소리로 엄마가 전화를 걸어왔다.

"비취야, 엄마가 해냈어!"

"뭘?"

간호사에게 등을 돌리며 비취가 낮은 목소리로 물었다.

"비취야, 너 퇴원할 수 있을 것 같아! 내가 변시후 학생 마약 증거를 딱 잡아서 그 녀석 부모에게 들이밀고 담판을 지었지. 그 잘난 척하던 변호사 여자가 얼굴이 아주 샛노래져서는 벌벌 기더라."

"정말?"

소설로 탐정 기법을 배운 애자 씨가 해냈다.

“그럼. 내가 그렇게 만든다고 했잖아. 너 퇴원시키고 대신 녀석을 집어넣으라고 했지. 진짜 치료받아야 할 사람은 댁의 아드님이라고. 제대로 겁을 먹었는지 피해 보상도 해 주겠다는 거야. 네가 얼마나 힘들었는데 그게 돈으로 환산이 되니? 어디서 감히! 돈이면 뭐든 되는 건지 아나 봐.”

철없는 건 여전하고.

“뭐든 되는 건 아니지만 되는 게 더 많아. 애자 씨, 그냥 돈 받아.”

“어머, 얘는! 변시후 학생이 네 앞에서 무릎 꿇고 사과하기 전까진 어림도 없어.”

“사과는 내가 받을 거야. 그러니까 애자 씨는 돈 받아서 책방이라도 해. 나 아직 미성년자인데 앞으로 어떻게 먹여 살리려고 그래? 대학은 안 보낼 거야?”

엄마는 아무 말도 안 하고 숨만 쌕쌕 쉬더니 곧 화제를 돌렸다.

“그건 그렇고. 내가 봐서는 그 애 애정 결핍이야. 걔 엄마, 쌀쌀맞고 도도하고 인정머리가 전혀 없어. 아들 일인데 밖으로 소문나서 망신당할까 봐 그게 더 걱정인 눈치던걸? 아버지인가 하는 사람은 아예 대화 자체가 통하지 않아. 그

학생도 많이 맞고 큰 거 같더라. 아무튼 어른들이 문제야. 애들 탓할 것도 없어.”

비취는 가슴이 뭉클했다. 평생 생선만 만지다가, 모자란 딸 살린다고 언제 적 읽은 탐정 소설까지 기억해 낸 애자 씨.

“고마워, 엄마.”

“엄마한테 그런 말 하는 거 아니야.”

미래 말이 맞았다. 비취는 자신이 얼마나 호강에 겨운 사람인지 지금까지 모르고 있었다.

전화를 끊고 돌아서는 비취에게 간호사가 면담실로 가라고 했다. 핼쑥해진 얼굴의 닥터 김이 면담실에서 비취를 기다리고 있었다.

초췌해진 닥터 김의 얼굴에서 일종의 전우애 같은 게 느껴졌다. 격전지에서 한바탕 전쟁을 치르고 겨우 살아남은, 포로가 되기 직전 탈출에 성공하여 후퇴하는 패잔병들.

“상태가 많이 호전돼 가고 있어. 고맙다.”

“선생님은 별로 안 좋아 보이시는데요.”

비취의 말에 닥터 김이 옅은 미소를 지었다.

“의사도 사람이다. 환자들의 감정 쓰레기통이 되어 주는 것이 정신과 의사가 하는 일이라고 할 수 있지. 이번 사건 같은 경우엔 의사로서 자괴감이 든다. 정신과 의사라는 건, 하늘이 내린 천형일지도 모르지. ”

“함부로 굴어서 죄송해요.”

비취가 버린 감정의 쓰레기도 닥터 김 안에 한가득 쌓여 있겠다는 생각에 비취는 미안해졌다.

“변시후 학생이 이곳으로 입원을 하게 된다.”

“정말요?”

비취는 정신이 번쩍 났다. 결국, 온다. 놈이.

“시후 학생, 알코올 조절에 문제가 있다는 거 알고 있었니?”

“항상 술 냄새가 났어요. 알 만한 애들은 다 알걸요?”

“최근에는 마약까지 손을 댄 모양이다. 지금 경찰 조사를 받고 있어. 조사가 끝나면 아마도 이곳에 입원을 시킬 예정인 듯하다.”

김애자 씨의 승전고●가 울리고 있다.

“비취 어머님 참 대단하신 분이야. 변시후 학생을 혼자 끝까지 추적하신 모양이다. 결국 시후 학생의 마약 투약 증

●승전고(勝戰鼓) : 싸움에 이겼을 때 울리는 북.

거를 잡아내셨어.”

“탐정 흉내를 열심히 내시더라고요. 그렇게 말렸는데.”

“다만, 이곳에서 변시후 학생과 같이 생활하게 된다면 비취 학생에게 부담이 될 수도 있겠다는 생각이 들어. 원한다면 변시후 학생이 입원하기 전, 퇴원해도 좋다. 네 의견은 어떻니?”

닥터 김이 조심스럽게 물었다.

“아니요. 퇴원하지 않을 거예요.”

비취의 말에 닥터 김은 한참 동안 말없이 비취를 바라봤다.

“정말 괜찮겠니.”

“제가 퇴원하지 않았다는 말은 저쪽에 전하지 말아 주세요. 선생님은 내 편이라는 말 믿어도 되지요?”

놈이 온다. 놈이 비취의 구역으로 온다.

‘내가 입원하던 날 밟고 왔던 그 레드 카펫이 깔린 길을 천천히 즈려밟고 오시라. 내게 오시라.’

히이이. 호오오. 히이이. 호오오.

귀신 새가 웃는다.

놈이 격리실에서 나왔다. 라운지에 느긋하게 앉아 기다리고 있던 비취와 마주친 놈의 얼굴은 혼자 보기 아까울 정도였다. 반쯤 풀린 동공으로 연체동물처럼 흐느적거리며 나오던 놈은 그 자리에서 얼어붙었다. 놀라서 눈알이 튀어나올 것처럼 비취를 쳐다보다가 점점 흐려지더니 입술을 씰룩거리며 뒷걸음질 쳤다. 그래 봐야 어디로도 도망칠 수 없는 이곳은 폐쇄 병동이란다. 네 뒤의 문은 모두 굳게 잠겼다는 사실. 웰컴 투 헬!

"너, 이 씨발! 왜 아직 여기 있는 거야. 퇴원 안 했어? 퇴원시킨다고 했는데!"

"오, 그랬구나. 나더러 퇴원하라라더니 네가 부탁한 거였어? 왜? 난 네가 너무 보고 싶었는데 넌 안 그랬나 봐?"

비취는 놈의 얼굴을 똑바로 보면서 여유롭게 미소를 지었다. 놈이 입을 떡 벌린 채 몸을 긁어 대기 시작했다. 놈의 얼굴과 몸은 여기저기 쥐가 파먹은 것처럼 울긋불긋했고 피가 나는데도 계속 긁어 댔다. 못 본 사이 아주 훌륭하게 변해 있었다.

"이 씨발년이 정말 미친년이 된 거 아니야?"

애써 센 척하고 있지만 놈의 표정은 의지와 상관없이 자율 주행 중이었다. 두려움을 넘어서 공포가 그대로 읽혔다.

"맞아. 그 씨발년이 완전 미쳐 돌아서 이젠 어떤 씨발놈 팔뚝이 아니라 목을 그어 버릴 수도 있대."

자신에게 이런 재주가 있는 줄 몰랐다. 비취는 제법 느물거렸고 '씨발년'이라는 발음을 놈이 하듯 정말 씨발스럽게 해냈다.

놈은 금방 오줌이라도 지릴 것 같은 얼굴을 하더니, 이곳저곳을 긁으며 제 방을 향해 냅다 줄행랑을 쳤다. 비취는 이곳에 들어와서 처음으로 보람을 느꼈다. 이제 완벽한 미친년으로 거듭났으니 놈의 망가진 전두엽을 향해 힘찬 망치질을 가해 줄 수 있으리라.

"변시후 걔가 어제 입원했다며? 너는 퇴원하라고 했다는데 왜 남는다고 했니?"

엄마에게 전화가 왔다. 목소리가 가늘게 떨리고 있었다.

"걱정 마, 애자 씨. 여기서 놈하고 해결해야 할 게 있어."

"뭘 해결한다는 거야. 마약 중독까지 된 아이를 붙잡고 뭘 하겠다는 거야?"

"그거 얼마 전 내가 엄마한테 한 말 아니야? 내가 누구 딸이겠어."

"그런 말이 나와? 장난하지 말고 얼른 퇴원해. 그렇지 않아도 나 면회 신청해 놨어. 이제 면회할 수 있대. 그때 같이 퇴원하자."

"내 앞에서 무릎 꿇고 사과하게 만든다며? 그거 내가 한다고."

"비취야!"

"언제까지 도망칠 수 없잖아. 엄마, 이제 누구든 날 함부로 하지 못하게 할 거야. 앞으로도! 절대!"

수화기 너머로 엄마가 훌쩍이는 소리가 들렸다.

"그렇다고 칼로 긋진 않을 거니까 걱정하지 마. 애자 씨."

칼로만 그을 수 있는 게 아니다. 모든 시와 분과 초가 날카로운 칼날이 되어 놈을 갈기갈기 찢어 놓을 텐데 굳이 손에 피를 묻힐 필요는 없다. 그런 아름다운 장면을 두고 퇴원이라니. 비취의 방 창문에서 24시간 상영될 변시후 주연 〈지옥의 묵시록〉을 비취는 한 장면도 놓치지 않고 감상해 줄 것이다. 간식 시간에 팝콘을 미리 주문해 두어야 하는 건 아닌지.

놈은 병실에서 꼼짝하지 않았다. 식당에도 내려오지 않

은 채 두문불출이었다. 놈의 얼굴을 보지 못해서 서운하게
될 줄은 꿈에도 생각하지 못했던 일이었다. 금단 현상으로
피폐해진 놈에게 평화롭고 안녕한 자신의 모습을 보여 주
고 싶어서 비취는 안달이 날 지경이었다. 비취는 남자 병동
을 기웃거리며 얼쩡거리다가 서동후를 만났다.

“탁구 칠래요?”

갑자기 나타난 서동후를 보고 머쓱해진 비취가 물었다.
서동후는 대답 대신 먼저 활동 센터 쪽으로 걸어갔다. 서둘
러 뒤를 따라가면서도 비취의 눈은 여전히 남자 병동 쪽을
힐끔거렸다.

“변시후 군하고는 어떤 사연인 거예요?”

활동 센터에서 탁구를 치다가 잠시 쉬는 사이 서동후가
비취에게 물었다. 서동후에게 뭔가 질문을 받은 건 처음인
듯했다.

“그게 왜 궁금하신데요?”

“오늘 탁구공이 붕붕 떠 있는데 변시후군 하고 관계 있
는 것 같아서요.”

“의외네요. 다른 사람 일에는 전혀 관심 없는 줄 알았더
니.”

“관심이라기보다는 서로 아는 사이인 듯한데 반가운 사이는 아닌 것 같아서요. 아, 말하기 싫으면 안 해도 좋아요.”

말하지 못할 이유는 없었다.

“내가 쥔 커터 칼이 놈의 피 맛을 봤어요.”

비취는 놈의 이야기를 들려주었다. 오래전에 봤던 영화 이야기를 들려주듯, 마음의 동요가 일어나지 않는다는 것에 비취도 놀랐다. 서동후는 비취의 이야기를 듣는 내내 담담했고, 열심히 다 듣고 나서 한 말은 딱 한 마디였다.

“이번 서브는 내 차례예요.”

그러고는 다시 탁구대 앞으로 가서 자세를 잡았다. 이유는 모르겠지만 서툰 충고나 빤한 격려보다는 비취에게 훨씬 위로가 된 기분이었다.

식당에 놈이 앉아 있었다. 하루가 다르게 부쩍부쩍 말라가는 놈의 얼굴은 전보다 더 울긋불긋했다. 필로폰에 중독이 되면 온몸이 가렵다고 했다. 피부에 벌레가 기어가는 것처럼 가렵고 실제로 벌레가 몸에 붙어 기어가는 환각이 계속된다고 하던가. 그래서 벌레는 잡는다고 제 살을 뜯느라 온몸이 쥐가 파먹은 것처럼 된다고 한다.

“굿 모닝!”

비취는 식판을 받아 놈에게 다가가 앞에 앉았다. 식판을 앞에 두고 젓가락만 든 채 멍하니 앉아 있던 놈이 비취를 보자 번뜩 핏발이 섰다.

“뭐 하자는 수작이야?”

“폐쇄 병동이라지만 아무 데나 앉고 싶은 데 앉을 자유는 보장되어 있어.”

“입 닥치고 꺼져!”

“밥 먹을 거라서 입을 닥치기는 좀 곤란해.”

오늘은 어묵탕이다. 비취는 밥 한 숟가락을 크게 떠서 어묵탕에 말아서 천천히 느긋하게 식사를 시작했다.

“견딜 만하니? 난 네 덕분에 이곳에서 아주 호강했어. 넌 어때? 혼자 누리기엔 좀 아까웠는데 너랑 같이 누리게 돼서 기뻐.”

“이 씨발년 봐라. 진짜 많이 컸네.”

비취를 뚫어지게 바라보던 놈이 갑자기 씨익 웃었다.

“나도 커졌는데. 볼래?”

놈은 어묵탕에서 긴 어묵 하나를 꺼내 들더니 어묵을 젓가락에 꽂아 입으로 가져가 빨기 시작했다. 이글거리는 눈으로 비취를 보며 혓바닥을 놀려 어묵을 빨았다. 놈이 무슨 짓을 하는지 깨닫는 순간 비취는 구역질이 나려고 했다.

"옹녀야, 네가 대신 빨아 줄래? 나 너무 흥분되는데."

놈이 빨던 어묵을 빼서 비취에게 내밀었다.

옹녀! 놈이 비취의 발작 버튼을 눌렀다. 겁도 없이.

비취는 주먹을 불끈 쥐었다. 밀려오는 구토를 참으며 비취는 놈의 얼굴을 보며 미소를 지어 줬다.

"설마, 진짜 딱 그만한 거야? 그래도 살짝 기대했는데 실망이다. 그런 연장을 갖고 그렇게 껄떡댔니? 누나가 친절하게 다시 말해 줄 테니까 제대로 암기해. 꼴에 남자 새끼라고 아무 데나 휘두르려면 연장 상태부터 확인해야지. 그걸로는 아무도 만족 못 시켜. 치워라. 밥맛 떨어진다. 이 변태를 지향하는 함량 미달 애송이 새끼야!"

놈을 하얗게 질린 얼굴로 부들부들 떨기 시작했다. 비취는 보란 듯 놈과 눈을 마주치며 천천히 밥알을 씹었다.

"너 이 쌍년! 죽여 버린다!"

놈이 갑자기 자리에서 벌떡 일어났다. 놈의 손에는 젓가락이 들려 있었고 곧 비취를 향해 날아왔다. 비취가 아슬아슬하게 젓가락을 피하자 놈은 괴성을 지르며 나머지 젓가락을 손에 들고 식탁 위로 올라왔다. 식당 안에서 밥 먹던 환자들이 겁에 질려 소리를 지르기 시작했다.

"내 손에 죽고 싶어서 그렇게 환장했냐? 소원대로 해 줄 테니 이리 와! 이 쌍년아! 니 년 모가지에 젓가락을 박아 줄 테니까!"

놈은 비틀거리면서 비취를 향해 닥치는 대로 젓가락을 휘둘렀다. 식판이 나뒹굴었고 의자들이 쓰러졌다.

"학생, 그만하지!"

순식간에 놈을 제압한 건 서동후였다. 서동후는 눈 깜짝 할 사이에 팔을 잡아 비틀더니 젓가락을 빼앗고 놈의 멱살 을 잡아 통째로 들어 올렸다. 놈은 허수아비처럼 매달려 대 롱거렸다.

"이거 놔! 이 개자식! 넌 뭐야!"

놈은 안간힘을 다해서 버둥거렸지만 서동후의 얼굴은 미동도 없었다.

"너나 나, 우리 둘 다 개보다 못한 자식들이야."

서동후가 놈을 바닥에 내동댕이쳤다. 처참한 몰골로 떨 어진 놈은 바닥을 구르며 캑캑거렸다. 뒹굴던 놈이 갑자기 울부짖기 시작했다.

"으아아악!"

괴성을 지르며 온몸을 버둥거리던 놈은 갑자기 눈빛이 돌더니 서동후 앞으로 기어가 무릎을 꿇었다.

"잘못했어요, 형! 제발, 제발 약 좀 줘요. 내가 다 잘못했으니까. 맞아요! 난 개만도 못한 자식이니까. 그러니까 약 한 번만 하게 해 줘요."

놈은 서동후의 다리를 붙잡고 애원했다. 쉴 새 없이 몸을 긁어 대며 눈물 콧물을 줄줄 흘렸다. 그러다가 비취를 향해 기어 왔다. 네발로 기며 침을 흘렸다. 진짜 개처럼.

"비취야. 내가 진짜, 진짜 잘못했어. 다시는 너한테 얼씬도 안 할게. 그러니까 부탁이야. 약 좀 구해 줘. 딱 한 번만, 딱 한 번만 할게. 응? 한비취! 내가 잘못했어. 제발 약 좀 구해 줘!"

놈은 개가 되어서 앞발을 모으고 비취를 향해 빌었다. 눈동자도 돌아가 벌겋게 핏발이 선 흰자위가 보이고, 사지를 부들부들 떨었다. 경련이 심해지면서 그대로 쓰러져 입에서 거품을 뿜기 시작했다. 간호사와 보호사들이 식당 안으로 뛰어 들어왔다.

비취는 그 자리에 꼿꼿하게 서서 놈이 들것에 옮겨져 식당을 떠나는 모습을 끝까지 바라봤다.

"괜찮아, 언니?"

효정이 다가와 손을 잡았다. 어지러워진 식당을 직원들이 정리하는 동안 비취는 바닥에 떨어진 식판을 주워 들고 배식대로 갔다.

"저 밥 제대로 못 먹었어요. 다시 주세요."

비취는 새로 받아온 밥을 천천히 꼭꼭 씹어서 먹었다. 오랜만에 밥이 살로 가는 듯 든든한 기분이 들었다.

놈은 중독 집중 치료 센터로 이송됐다. 상태가 심각한 중독자들의 치료와 재활을 돕는 센터라고 했다. 그곳이야말로 독방에 철창이 달린 문이 있고 거의 침대에 묶여 생활한다고 했다. 드물게 전기 충격 치료도 한다고 했다.

놈이 이송되던 날, 창밖으로 놈의 엄마를 봤다. 그녀가 신은 하이힐이 몇 번이나 휘청거렸다. 변호사라는 직함은 놈을 실은 앰뷸런스 앞에서 한없이 초라하고, 초라했다.

비취는 마지막까지 놈을 저주하고 싶진 않았다. 부디 죽음의 늪을 빠져나와 언젠가는 푸르른 나이를 만끽할 날이 오길 빌어 주었다.

첫눈이다.

그토록 기다리던 첫눈이 창밖으로 내리는 날, 비취는 퇴원 준비를 했다. 이제 비취는 밖으로 나가서 자유롭게 저 눈을 맞을 것이다. 그새 정이 든 병동 사람들에게 작별 인사를 하고 비취는 처음 자기를 이곳에 데려왔던 보호사의 뒤를 따랐다.

밖으로 나가는 철문 앞에 도착했다.

"퇴원 축하합니다. 수고하셨어요."

보호사가 대신 들고 온 가방을 비취에게 전해 주며 활짝 웃었다. 들어올 때 그토록 가방이 깃털처럼 가벼웠다.

“감사합니다.”

비취는 허리를 접고 인사했다.

“아무리 보고 싶어도 또 만나러 오지 말아요.”

비취는 활짝 웃었다.

철컹!

보호사가 열쇠를 따고 철문을 열어 주었다.

붉은 길……. 레드 카펫이 비취의 눈앞에 열려 있었다.

시상식에 나가는 여배우처럼 비취는 고개를 똑바로 들고 천천히 여유롭게 걸었다. 붉은 꽃잎이 폭죽처럼 터지며 나풀나풀 날아오르는 것 같았다.

비취는 이제 절대 잊지 않을 것이다. 별하가 당부한 대로 자신의 위대함을, 태초부터 존재한 영원불멸의 고귀함을 기억할 것이다.

비취의 걸음이 빨라졌다. 이 붉은 길이 끝나고 새로운 길을 걷게 되면 할 일이 많다. 가장 먼저 미래를 찾아가야지. 가서 미래가 잃어버린 기억도 찾아 줘야지. 그리고 엄마와 함께 외할머니 동네에도 가 봐야지.

문밖에 애자 씨가 기다리고 있었다.

빛이 들지 않는 심해를 혼자 걷는 기분을 느껴 본 적 있나요. 온몸을 짓누르는 바닷속, 한걸음 옮기는 것이 마치 지구를 들어 올리는 것만큼이나 버거운, 누구나 가끔 그런 외로움에 사로잡힐 때가 있어요. 그런 순간엔 아주 가느다란 빛 오라기라도 붙잡고 싶어지지요. 그런데 그런 순간에 절박하게 움켜쥔 그 빛이 죽음의 빛이라면 어떨까요.

이 작품은 외로운 바닷속에서 죽음의 빛을 쫓다가, 끝내 '더 하얀'이라는 막막한 공간에 들어온 아이들의 이야기입니다. 사방이 밀폐된 곳의 길 잃은 아이들의 이야기를 쓰면서 내내 가슴이 아팠어요. 중독의 늪에 빠진 아이의 이야기를 취재하고, 인터뷰나 유튜브 영상을 찾아보는 과정들은 정말 힘들었지요.

마약, 도박, 알코올, 자해, 성형, 니코틴……. 중독이라는 단어 앞에 위치하는 말들은 너무 절망적입니다. 흔히 중독의 끝은 죽음이거나 감옥이라는 말을 합니다. 그만큼 중독에서 벗어나기가 쉽지 않다는 말이겠지요. 그래서 작품을 집필하는 내내, 잠깐의 위로를 죽음과 바꾸는 어리석은 일이 부디 이 글을 읽는 당신에게 일어나지 않길 기도하는 마음으로 비취를 만나고 별하를 불러냈어요.

저는 잘 웃고, 남 웃기는 걸 좋아합니다. 그런 제가 우울증 치료를 받는다고 하면 많은 이들이 놀라거나 우스갯소리로 생각합니다. 감정 기복이 심해 사람들과 있을 때는 하늘을 방방 떠다니고, 혼자 있을 때는 가라앉다 못해 칠흑 같은 심해로 잠수한답니다. 그래서 등장인물 중 별하는 저와 가장 닮은 아이일지도 모르겠어요. 동전의 양면 같은 감정의 극단을 오가는 시간들이 저에게도 있답니다.

하지만 저는 힘들 때마다 '외로우니까 사람이다.'라는 문장의 힘을 빌려 그 검푸른 심해를 헤엄쳐 나오곤 합니다. 혹시 당신도 외롭다면, 외로운 사람들이 모여 사는 곳으로, 죽음이 아닌 희망의 빛을 찾아서, 지금 걸어와 주지 않겠어요? 항상 즐거운 사람도, 늘 슬프기만 한 사람도 없어요. 우리는 다만 견디고 있을 뿐이에요. 그렇게 견디다 보면 뽀송한 햇살이 얼굴을 어루만져 주는 날이 반드시, 꼭 오게 마련이니까요.

어디엔가 상처받은 영혼이 있다면 나의 진심이 닿길 빌어요. 이 작품이 지친 영혼이 잠시 쉴 수 있는 어깨가 되어 주고, 아프게 꺾인 무릎을 펴서 한 걸음이라도 앞으로 걷게 돕는, 박카스 한 병 같은 위로가 되길 소망합니다.

4월의 어느 찬란한 봄날

윤미경

바다로 간 달팽이 026

비취와 별하

1판 1쇄 발행일 2026년 4월 30일
글쓴이 윤미경 **펴낸곳** (주)도서출판 북멘토 **펴낸이** 이은아
편집 양다운, 조정우 **디자인** 안상준 **마케팅** 강보람 **경영기획** 이재희
출판등록 제6-800호(2006. 6. 13.)
주소 03990 서울시 마포구 월드컵북로 6길 69(연남동 567-11) IK빌딩 3층
전화 02-332-4885 **팩스** 02-6021-4885

bookmentorbooks.co.kr　　bookmentorbooks@hanmail.net
bookmentorbooks__　　blog.naver.com/bookmentorbook

ⓒ 윤미경 2026

ISBN 978-89-6319-685-5 43810

*본문 171쪽과 172쪽에 인용된 퀸의 보헤미안 랩소디 가사는 한국음악저작권협회의
 사용 승인을 받았습니다. KOMCA 승인필.